堤中納言物語の真相

後藤康文
Yasufumi GOTO

武蔵野書院

堤中納言物語の真相

＊

目次

凡　例

Ⅰ　本書における『堤中納言物語』の本文は、高松宮家蔵本（池田利夫解題、ほるぷ出版）、宮内庁書陵部蔵桂宮旧蔵本（池田利夫解説、笠間書院）、広島大学蔵浅野家旧蔵本（塚原鉄雄解説、武蔵野書院）、穂久邇文庫蔵久邇宮旧蔵本（久曾神昇解題、汲古書院）、桃園文庫蔵島原本（寺本直彦解題、東海大学出版会）、桃園文庫蔵榊原本（同上）、吉田幸一氏蔵平瀬家旧蔵本（吉田幸一解題、古典文庫）、三手文庫蔵今井似閑自筆本（塚原鉄雄・神尾暢子校注、新典社）の八本を参照し、適当と思われる形で引用した。なお、頁・行数の表示については、最後に挙げた新典社本のそれを掲げたが、特別な意味はない。

Ⅱ　本書において参照ないし引用した『堤中納言物語』の注釈書等とその略称は以下のとおり。

- 久松潜一『校註堤中納言物語』（明治書院、昭三）……『校註』
- 清水泰『増訂堤中納言物語評釈』（立命館出版部、昭九）……『評釈』
- 佐伯梅友『新註国文学叢書　堤中納言物語』（講談社、昭二四）……『新註』
- 松村誠一担当『日本古典全書　堤中納言物語』（朝日新聞社、昭二六）……『全書』
- 吉澤義則監修『堤中納言物語新講』（藤谷崇文館、昭二七）……『新講』
- 清水泰『堤中納言物語詳解』（要書房、昭二九）……『詳解』
- 上田年夫『堤中納言物語新釈』（白楊社、昭二九）……上田『新釈』
- 佐伯梅友・藤森朋夫『堤中納言物語新釈』（明治書院、昭三一）……佐伯・藤森『新釈』
- 玉井幸助『堤中納言物語精講　研究と評釈』（学燈社、昭三二）……『精講』

・寺本直彦担当『日本古典文学大系　堤中納言物語』（岩波書店、昭三二）……………『大系』
・山岸徳平『堤中納言物語全註解』（有精堂出版、昭三七）……………………………『全註解』
・土岐武治『堤中納言物語　校本及び総索引』（風間書房、昭四五）…………………『校本』
・松尾聰『堤中納言物語全釈』（笠間書院、昭四六）……………………………………『全釈』
・稲賀敬二担当『日本古典文学全集　堤中納言物語』（小学館、昭四七）……………『全集』
・土岐武治『堤中納言物語の注釈的研究』（風間書房、昭五一）……………………『注釈的研究』
・三谷榮一担当『鑑賞日本古典文学　堤中納言物語』（角川書店、昭五一）…………『鑑賞』
・池田利夫『旺文社文庫　現代語訳対照堤中納言物語』（旺文社、昭五四）…………『対照』
・三角洋一『講談社学術文庫　堤中納言物語全訳注』（講談社、昭五六）……………『全訳注』
・塚原鉄雄『新潮日本古典集成　堤中納言物語』（新潮社、昭五八）…………………『集成』
・稲賀敬二担当『完訳日本の古典　堤中納言物語』（小学館、昭六二）………………『完訳』
・大槻修担当『新日本古典文学大系　堤中納言物語』（岩波書店、平四）……………『新大系』
・稲賀敬二担当『新編日本古典文学全集　堤中納言物語』（小学館、平一二）………『新編全集』
・大槻修『岩波文庫　堤中納言物語』（岩波書店、平一四）……………………………『岩波文庫』

Ⅲ　和歌の引用は、特に断らないかぎり『新編国歌大観』および『平安朝歌合大成』に拠った。散文作品の引用は、その都度依拠した文献名を記した。なお、引用に際しては表記を適宜改めたほか、ルビ等はおおむね省略に従った。

まえがき

本書は、『堤中納言物語』に関する既発表論文七本に、未発表の論稿一本を加えて編んだごくささやかな論文集である。各論各様だけれども、本文批判の徹底と厳密な本文解釈を最優先課題とする強固な意識が**8**を除く全体の基調となっている。以下に所収八編の概要その他を記す。

＊

1は、『このついで』作中三話のうちの第二話を、「愛児喪失の悲しみに沈む女の物語」と読み改めることで、三つの話に「恋愛と子供の誕生、そして破局の予感→愛児の死と絶望→苦悩の果ての出家」という有機的な流れが生まれ、ある王朝女性がたどった哀切な生の軌跡を語り継ぐ意図が認められるようになることを述べた論で、あわせて、篇名の意味を「子のついで」すなわち「子を契機として展開する物語」と解いたもの。初出後、本論に対する反論ないし異論として、下鳥朝代「「このついで」論――「巡る」物語――」（「国語国文研究」第九十九号、平七・三）や、金井利浩「それでも三話は〈並立〉する――「このついで」私見――」（「中央大学国文」第四十六号、平一五・三）が出ている。併読いただければと思う。なお、論中では触れていない事柄だが、『このついで』の〝中宮〟を帝寵の薄い后と読む従来の風潮は、山上義実「『堤中納言物語』「このついで」試論――「帝寵薄き后」という解釈をめぐって――」（『金城学院大学論集・国文学編』第三十六号、平六・三）が説くとおり、まったくの誤り。この〝中宮〟は帝に深く愛されている幸せこの上ない人物であって、だからこそ、予定された帝の訪れまでのつれづれを、女房たちが薄幸な女性の物語を披露することで慰めているのである。そもそも、帝寵の薄れた主人の御前で仕えている者たちが出家に至る不幸な女性の話をするはずがない。常識で考えればすぐにわかることだ。

2は、『このついで』という篇名の由来に新見を提示した論で、作中「あいなきことのついでをも聞えさせてけるかな」とある箇所の傍線部「こと」は誤写による転化本文であり、原形を「このついで」と考えてタイトルの原拠と推断した。そのうえで、「こ」は「籠」と「子」の両義性を有することを主張したもの。**1**の延長線上にある論文といえようか。

3は、蔵人少将が観音になりすまして詠んだ「かひなしと」歌、とりわけ第三句中の「白波」の語に関する多角的考究を柱にして、観音霊験譚の視点から独自の『貝あはせ』論を展開したもの。色好みの貴公子が、「観音の化身へ、そしてついに」、子供「たちを見護る亡き〝母〟の視線そのものへと変容し」ていく過程を、丁寧かつ論理的に跡づけたつもりだが、はたしてその首尾やいかに。

4は、『ほどほどの懸想』の末尾一文にきわめて重大な誤写があることを指摘してこれを正し、その〝復元〟本文をもとに真の作品像を提示するとともに、「いひよる」「いひつく」「あふ」という恋愛の三段階が截然と描き分けられている一篇の構造をも明らかにした論。すなわち、現本文「『いかでいひつきし』などおぼしけるとかや」は、「『いかでいひつきしがな』とおぼしけるとかや」または「『いかでいひつきて』などおぼしけるとかや」からの転化形であること、ゆえに、頭中将の式部卿宮の姫君との交際に対する後悔・反省の念をここに読み取る従来の解釈はとんでもない間違いであって、彼がこれから姫君に「いひつく」ことを願望・期待する表現と捉えなければならないこと、その結果、この物語のありさまが大きく変貌すること等を明確にしたわけである。なお、本論の論旨を補強する意味から、その後発表した別稿（関連論文5）の一部を【補論】として付け加えた。めったにないことだが、ここで提起した自説の正当性には百パーセントの自信がある。現本文と通行の読解にただ漫然と従った論文にはもう用はないと思う。

5は、『逢坂越えぬ権中納言』の歌合場面の大胆な本文〝復元〟と謎の登場人物「右の少将」の存在を否定した論。われながら無謀な〝手術〟を決行したものだと感じているけれども、この作品に関する研究の現況を顧慮するならば、こうした過激な提案にも起爆剤としての意義はあるだろう。あとは後世の議論に俟つのみ。

6は、『思はぬ方にとまりする少将』を対象にして、現存本文の改訂または現行の解釈に修正が必要な箇所を七つほど取り上げ、それぞれに卑見を提示したもの。どちらかといえば「関連論文」の方に入れるべき性質の論だが、『堤中納言物語』の注釈水準を知っていただく格好の見本になると考えて本書に収めた。第五節・第七節で扱った問題点をどのように処理するかは、この物語を正しく読むうえで特に重要といえるだろう。

7は、難解な作品『はなだの女御』の〈跋文〉を三部に分けて読み解く試みで、本文改訂等の基礎的作業を交えつつ、「第一部をこの物語の語り手、第二部を「すき者」、第三部を物語本体に登場し「すき者」に垣間見された女性たちのうちの一人によって書き記されたものとみ、そうした設定の裏には、語り手と登場人物かつ視点人物たる「すき者」による共謀の構図をまず浮上させ、加えて、語られた側の女性の〝証言〟により一篇の事実性をより強固に保証する仕組みを築き上げる、という強かなもくろみがあったのではないかと考え」てみた。

8は、『堤中納言』または『堤中納言物語』という書名の謎に関して一案を披露したもので、「堤中納」は「裏《つつみ》ノ中ニ納ム」ないし「裏ノ中ニ納《い》ル」、「言」は「(ト)イフ○○」または「モノガタリ」と読め、十の短篇物語と一つの断章が納められた裏の発見者が、藤原兼輔の通称と掛ける〝ことば遊び〟として命名した経緯を想定した。何やら怪しげな判じ物に挑む趣だが、「枯木ならぬ仮説も山のにぎわい」程度の意義はあろう。

*

井上新子氏の待望の大著『堤中納言物語の言語空間 織りなされる言葉と時代』（翰林書房、平二八・五）がついに刊行された。趣向と完結が命の短篇物語集『堤中納言物語』の研究も、いよいよ新しい局面を迎えたとの感を深くしている。この機に乗じて、本書もまた「ささやかな」貢献ができれば幸いである。

なお、各論文間の表記の統一については極力努めたが、様式や論調の調整はほとんど行っていない。私の悪癖である引用過多、〝お行儀〟の悪さもそのままにした。諸賢にはどうかご海容を賜りたい。

1

『このついで』試論
——第二話の読解を手がかりとして——

一

『堤中納言物語』の一篇である『このついで』は、薫物をきっかけにしてにわかに現出したさる後宮の〈物語の場〉において、即興的に披露された三つの歌物語的挿話を連ねる佳作であるが、今日までに著された幾多の注釈書はもとより、この作品の本質究明に寄与したどの論稿も、語られた三話相互の関係を見きわめていくうえで、その実たいへん重要なポイントを看過してきているように思われてならないのである。

*

それはひとえに、「中納言の君」が語った第二話が十全に読み解かれていないのではないかという疑念に起因している。

去年の秋のころばかりに、清水に籠りて侍りしに、かたはらに、ただ屏風ばかりをものはかなげに立てたる局の、にほひいとをかしう、人少ななるけはひして、折々うち泣くけはひなどしつつ行ふを、「誰ならむ」と聞き侍りしに、明日出でなむとての夕つ方、風いと荒らかに吹きて、木の葉ほろほろと瀧の方ざまにくづれ、色濃き紅葉など、局の前にはひまなく散り敷きたるを、この中の隔ての屏風の面に寄りて、ここにもながめ侍りしかば、いみじう忍びやかに、

「厭ふ身はつれなきものを憂きこともあらしに散れる木の葉なりけり

風の前なる」と、聞こゆべきほどにもなく聞きつけて侍りしほどの、まことにいとあはれにおぼえ侍りながら、さすがにふといらへにくく、つつましくてこそやみ侍りしか。

（上・一七頁六行〜二〇頁三行）

この話を「厭世的な女性の悲しい詠嘆（注1）」を描き出したものと読み取ることは今日の常識的理解であると思われ、さらに、「なぜこのように、この女が厭世的になっているのかとか、彼女の素性は何であるかなどについて一言も物語は言及していない。読者の想像にゆだねているのであって、読者は憂世を捨てたいと願う女の背後に、夫に死別したり、両親を失ったりなどという様々な重荷を読者の体験に合わせて想像するに相違ない」とする見解（『鑑賞』）もある。けれども、こうした認識はいまだ不十分なものだといわざるをえないのではなかろうか。というのも、物語はこの悲しみに暮れる女の人間像を、実はもっと具体的に読者に対して語りか

けてきているものと思われるからである。女の悲しみの真相はその独詠の中で痛切に吐露されているという事実に、われわれは鋭く気づかなければなるまい。

厭ふ身はつれなきものを憂きこともあらしに散れる木の葉なりけり（注2）

この歌は従来、内容的には「（この世）を厭う私の身は何の変りもなく平気なのに（かゝわらず、逆に）つらいことがなかろうのに嵐の風に散っている木の葉であったことよ」（『全釈』）というように、わが身と眼前の落葉との皮肉な対比を詠んだ歌と解釈されて異論はなく、一方、修辞技法についても「嵐」と「あらじ」とのごく一般的な掛詞が指摘されているのみである。

しかし、これではこの歌を完全に理解したことにはならないだろう。従来の解釈は、一首の核心にまったく触れるところがないのである。では、その〝核心〟とはいったい何か。それは、結句の「木の葉」には確実に「子（のは）」の意が込められているのだという、まさにその点にほかならない。この掛詞を認知することによってはじめて、一首は真にその姿を現し、女がこの歌を詠んだ事情もまたたちまち鮮明に浮かび上がってくることになるのである。

「木の葉」と「子」との掛詞は、決してありふれたものとはいえないが、たとえば、『仲文集』六三番歌、

この女のもとに、女児のあるを、「さだめなし」と思ひて問はねば
人知れず朽ちぬるものは佐保山のははそ原散るこの葉なりけり

や、『蜻蛉日記』上巻に見える天徳二年秋の藤原兼家の長歌、

折りそめし　時の紅葉の　さだめなく　うつろふ色は　さのみこそ　あふ秋ごとに　常な
らめ　なげきの下の　この葉には　いとどいひ置く　初霜に　深き色にや　なりにけむ
思ふ思ひの　絶えもせず　いつしかまつの　みどり児を　ゆきては見むと　するがなる
田子の浦波　立ち寄れど（下略）　（新日本古典文学大系・五九頁）

などに、確かに認めることができる。はじめの例は、藤原仲文が通っていた宮仕えの女がほかの男と浮気をしていたのを知り（六二番歌）、その女性との間には女の子があったにもかかわらず、あてにできない仲だと思って訪れないでいたところへ女が詠んでよこした歌であり、「ははそ原散るこの葉」の真意は「あなたに見捨てられた母のもとでむなしく暮らすこの子」くらいに解せようし、あとの例の「なげきの下のこの葉」は、わが子の将来を心配し後事をくれぐ

れも兼家に託して陸奥へと旅立った藤原倫寧の娘、すなわち道綱母を指しているのである。

また、試みに勅撰集の哀傷歌の部を繰ってみると、

子二人侍りける人の、一人は春まかり隠れ、今一人は秋亡くなりにけるを、人の弔ひて侍りければ

よみ人しらず

春は花秋は紅葉と散り果てて立ち隠るべきこのもともなし　（『拾遺集』哀傷・一三一一）

右兵衛督俊実、子におくれて嘆き侍りけるころ、弔ひにつかはしける

右大臣北の方

いかばかりさびしかるらむこがらしの吹きにし宿の秋の夕暮　（『後拾遺集』哀傷・五五四）

といった歌に出くわすのであって、ともに「木」と「子」の掛詞を用い、秋の木の葉があるいは散りあるいは枯れることに人の死を暗喩した、これら子供の他界を悼む哀傷歌の趣向が、当面の「厭ふ身は」の歌に通じるものであることも、容易に察知されるところであろう。

清水寺に参籠し、涙に暮れながら勤行するこの女――それはまだ年若い女であったに違いない――は、幼い子供に先立たれた母親だったのである。折しも、夕べの嵐は深く色づいた四方の紅葉を舞い散らせ、女の眼前にもそれは降り積る。この光景は女の悲愁をいやがうえにも募

らせ、乱れ散る無心の「木の葉」に、夭逝したわが「子」のあまりに短かった生涯をよそえずにはいられなくさせたのだ。「この世をひたすら厭わしく思うわが身の方は、皮肉にも命絶えることなくこうして平然と生きながらえているというのに、幼くてまだ何の憂き世の辛さも知らなかっただろうに、夕べの嵐に翻弄されて散り急ぐ目の前の木の葉のように、思えば、あっけなく死んでしまったあの子だったことよ」と、女は「いみじう忍びやかに」漏らした。結句の「なりけり」には、愛児の早過ぎた死をあらためて実感し哀惜する母親の心情が、痛切に表現されているといえよう。(注3)

二

さて、問題の独詠歌をこのように解釈することによって、女が歌につづけて呟いた「風の前なる」ということばの意味もまたおのずからはっきりとしてくるはずである。この引歌と見える表現の典拠としては、『和泉式部続集』一五三九番歌(注4)の、

八日、落ち積りたる木の葉を、風のさそふもうらやましくて

日を経つつわれ何ごとを思はまし<u>風の前なる</u>木の葉なりせば

あるいは、同集一〇三六番歌の、

厭へども消えぬ身ぞ憂きうらやまし風の前なる宵の灯火

あたりが候補に挙げられており、さらには、「第二話の典拠ないしは範型」そのものを『和泉式部集』や『和泉式部続集』（六五〇・九〇九等）に求める立場もある。(注5)

けれども、式部の両首は、一陣の風にはかなく散り落ちる無情の木の葉、たやすく消え去る灯火をともに羨望しているのであり、かつ、前者の場合は一首の歌意が、後者の場合は「木の葉」に無関係な点が、それぞれこの場面における引歌としての資格を損ねているといわざるをえまい。そこであらためて注目されるのが、諸注の言及する『倶舎論』の「寿命猶如風前燈燭」という一節なのである。『和泉式部日記』で、敦道親王から紅葉狩りに誘われた式部が、当日自身の物忌みのために、やむなくこれを中止せざるをえなくなったというくだりのあとに、

その夜の時雨、常よりも木々の木の葉残りありげもなく聞こゆるに、目を覚まして、「風の前なる」などひとりごちて、「みな散りぬらむかし。昨日見で」と、口惜しう思ひ明かして

（日本古典文学全集・一二九頁）

とあり、式部もまた「風の前なる」と呟いているのを見れば、『このついで』の清水の女と共通する、しかも風前の「木の葉」を詠んだ何らかの古歌を想定する道も当然あるだろう。しかし、いずれにせよこの「風の前なる」という表現が、先の『倶舎論』の文句などに表された仏教的無常観を込めたことばであることだけは動かないと考えられる。ちなみに、『狭衣物語』巻三には次のような一条がある。

「数ならぬ身ながらも、ながらへてだに御覧ぜられまほしきに、命さへありがたう思ひ給へるこそ」など、心細げにおぼしたるを、常の言ぐさになりにける風の前の木の葉は、「見果つまじき心ざまなれば、かやうに耳馴らさするにこそは」と心得させ給へば、耳もとどめさせ給はず。

（日本古典全書下・一三九頁）

すでに出家を決意している狭衣の台詞を、頭から信用しない正妻一品宮。狭衣の口癖になっていた「風の前の木の葉」とは、明らかに、生命の不確かさ、はかなさを述べたことばの意味に了解されるのである。狭衣は、絶えず存在の不安に苛まれている人物であったのだ。そして、

『このついで』の女もその時、幼くして逝ったわが子に対する哀切の思いを一首に託したあとで、まさに風前の灯火のごとき人の命のはかなさ、老少不定の世のことわりを身に沁みて観じていた、というのではなかったのか。

以上述べたように、歌の中の「木の葉」に「子」の含意を認めることによって、「風の前なる」という呟きの真意も明白になり、また逆に、「風の前なる」を人の命のはかなさ、あっけなさをいう一句だと認定することによって、女の独詠が愛児追悼の一首であることが確かに裏づけられることになる。清水寺に籠っていたその女は、おそらく親を亡くして落魄した由緒ある家門の娘で、その後忍んで通って来ていた男との間に一子を儲けたが、やがてその男には背かれ、果ては愛しい一粒種にまで先立たれた薄幸の女だった。そうした女人像が自然と脳裏に浮かんでくるのであるが、この部分だけを読んでそこまで想像を逞しくすることは、とりあえずさし控えておかなければなるまい。ともかくも、女の「厭世」の最大の理由が愛児喪失にあったという点は、すでに十分証明されたのではないかと思う。「さすがにふといらへにくく、つつましくてこそやみ侍りしか」という語り手の結びのことばには、彼女が耳にしたという隣人のほのかな独語のうちに、月並みな厭世願望にとどまらぬひとしお深い悲しみの響き――子供を失った母親の絶望――が感じ取られた、そうした意味合いが込められていたとみてよいのかもしれない。

なお、山岸徳平氏は、第二話の「主人公は、厭世的な女らしい。そんな女人の清水寺への参籠であるから、夫に死別した妻であるか、最近、片親にでも死別したか、今は両親とも失ってしまった若い女であるか」とさまざまに推測をめぐらしたあと、最後に「又は子に先立たれた母などでもあろうか」(『全註解』)とも述べていて注目されるが、これは、女の歌に根拠を見いだしての発言ではもとよりなく、想定しうる一般的可能性の一つとしてたまたま付け加えられたものに過ぎない。

三

第二話の内容を愛児喪失の悲しみに沈む女の物語と捉え直してみると、これに先立つ第一話、引きつづいて展開される第三話との関係が、にわかに緊密度を増してくるように思われる。そこでまずは、「中将の君」が「御火取のついで」に思い出して語った第一話からの脈絡をたどってみたい。

ある君達に、忍びて通ふ人やありけむ、いとうつくしき児《ちご》さへ出で来にければ、あはれとは思ひ聞えながら、きびしき片つ方やありけむ、絶え間がちにてあるほどに、思ひも忘れず、いみじう慕ふがうつくしう、時々は、ある所に渡しなどするをも、「いま」などもいはでありしを、ほど経て立ち寄りたりしかば、いとさびしげにて、めづらしうや思ひけむ、かき撫でつつ見ゐたりしを、え立ちとまらぬことありて出づるを、馴らひにければ、例の、いたう慕ふがあはれにおぼえて、しばし立ちとまりて、「さらば、いざよ」とて、かき抱きて出でけるを、いと心苦しげに見送りて、前なる火取を手まさぐりにして、

こだにかくあくがれ出でば薫物のひとりやいとど思ひ焦がれむ

と、忍びやかにいふを、屏風のうしろにて聞きて、いみじうあはれにおぼえければ、児も返して、そのままになむゐられにし。（上・一三頁八行〜一六頁六行）

ここに語られた話が、たとえば『伊勢物語』第二十三段の中間部などに代表される、いわゆる〝歌徳説話〟であるとのみ捉える視点は、あまり意味があるものとは思われない。伊井春樹氏が「厳しい正妻、それが故に姫君のもとへは忍び忍びにしか通えない男性、その二つの設定だけで、もはや二人の将来はどうなるか見えてくるであろう」と説き、(注6) あるいは、森正人氏が「第一話は歌物語的あるいは歌徳説話的な自己完結性に等しいかにみえて、質的な懸隔が明らかに観察される」として、「男はいずれ本妻の所に帰って行く。女のよるべない境遇を完全には救うことのない、二人の妻の葛藤は依然解消しないままのこの結末は、きわめて不安定であ

るといわなければならない」と述べる、[注7] まさにその点をこそ重視する必要があるのではないか。

この第一話が、『源氏物語』帚木巻の「雨夜の品定め」に見える頭中将の体験談に依拠していることは疑う余地がなく、倉野憲司氏は双方を具体的に比較して、「事柄は多少異なつてゐるが、忍び妻があつてそれには子供まで出来てゐたこと、本妻があつて嫉妬したこと、男があはれと思ひながら絶間がちであつたこと、子故に女が歌を詠んだこと等は両者一致して居り、全体の気分も両者に共通するものがあ」ることをはやく指摘しているが、[注8] さらに、『源氏物語』の常夏の女（夕顔）が「親もなく、いと心細げ」（日本古典文学全集①・一五七頁）な境涯であったという設定、頭中将が「心やすくて、またとだえおきはべりしほどに、跡もなくこそかき消ち失せ」（同・一五九頁）てしまったという顛末などまでもが、『このついで』の「ある君達」の上に暗示されていると読むことも可能であろう。

また、『このついで』は「鎌倉期に隆盛した物語のパターン」が「典型的な形式の物語に成長する以前の、始発期に位置する作品として読める」とする伊井氏の提言、[注9]「第一話は二人妻型の歌徳説話といえばよいのだろうか」としながらも、「なお『しのびね』型、あるいは継子いじめ型に対して嫁いじめ型とよばれる擬古物語、御伽草子ともつながりがあるように思う」という三角洋一氏の見解（『全訳注』）も注意される。高貴な血筋の姫君が親の死によって零落し人知れず隠棲していたところへ、やがて権門の貴公子が通いそめて子までなす仲となるが、その後男の親の妨害工作・政略結婚等の外因によって、相愛の二人の間はついに引き裂かれ、女は男の前から忽然と姿を消してしまう。そうしたいわゆる『しのびね』型物語の発端の様相も、加えて考慮するに値しよう。

おそらく、この「ある君達」は高貴な家柄の姫君であったが、両親を失うなどして孤児となり、その後はかばかしい後楯もなく頼りない暮らしを余儀なくされていたのであろう。そこへ「忍びて通ふ人」ができて、そのうちに子供も生まれた。けれども、その男にはやんごとない正妻がおり、彼自身の愛情いかんにかかわらず、「ある君達」はしょせん愛人でしかありえなかったのだ。子が連れて行かれようとしたその時、女の口を突いて出た「こだにかく」の独詠にたとえ男が心を動かされ、子供を返して自分もそのままとどまらずにはいられないほどの憐愍の情を覚えたとしても、これとてしょせんはその日かぎりのことであったに違いなかろう。男の足は不本意ながらもやがて遠のいて、女は見捨てられたかたちとなり、あるいはやむなく失踪したのかもしれない。この話を「中将の君」に語り終えた男が、その女について「誰ともいはで、いみじく笑ひ紛らはして」（上・一六頁八行～一七頁一行）それきりだったというのも、十分に二人の破局を思わせるに足る態度ではあるまいか。

ところで、ここで強調しておきたいのは、この話の関心が男女の恋愛の行方そのものを描くところにはなく、むしろその間に生まれた子供の存在の方にあったのではないかと思われる点である。かりに語り手の推測部分を省くなら、第一話の語り出しは「ある君達に、いとうつくしき児さへ出で来にければ」となり、冒頭から「いとうつくしき児」にまっすぐスポットがあたっているのである。そしてそのあとも、父親をいじらしく思慕する子の姿、母親の心の支えであり慰めであった子の存在が実に印象的に描出されており、この話の中に大きな比重を占めているといえるのである。

「中将の君」の話をこのような趣に捉えてみるならば、それは「中納言の君」の語る二番目の話——愛児を亡くした悲しい女の物語——を誘発するのに十分な発端となりえていることがわかる。前節で予断した女人像がまさしくここには用意されているのだ。第一話の女も『源氏物語』の夕顔同様幼児ともども失踪した、とまでは断定できないにせよ、この女が男に見捨てられる悲運に早晩見舞われたことは少なくとも確実に感知されたであろうし、焦点となる子供のその後についても、女の歌に「こだにかくあくがれ出でば」とあったことなどが不吉な予兆として作用し、現実にその子が母の手もとを離れ、しかも永遠に「あくがれ出で」てしまったという物語展開の呼び水となったかもしれない。二番手に指名された「中納言の君」は、そうした前話の余韻を巧みに捉えて、幼子を亡くした不幸な女の物語を新たに紡ぎ出していったのである。

四

第二話が第一話の内容ときわめて密接な関連をもつことは、右に考察したとおり認められてよいものと考えるが、一方、残る第三話への脈絡はどうであろうか。

をばなる人の東山わたりに行ひて侍りしに、しばししたがひて侍りしかば、あるじの尼君の方に、いたう口惜しからぬ人々のけはひ、あまたし侍りしを、紛らはして、「人に忍ぶにや」と見え侍りし。もの隔てのけはひの、いと気高う、ただ人とはおぼえ侍らざりしに、ゆかしうて、ものはかなき障子の紙の穴かまへ出でて、のぞき侍りしかば、簾に几帳添へて、きよげなる法師二三人ばかりすゑて、いみじくをかしげなりし人、几帳の面に添ひ臥して、このゐたる法師近く呼びてものいふ。「何ごとならむ」と聞きわくべきほどにもあらねど、「尼にならむと語らふけしきにや」と見ゆるに、法師やすらふけしきなれど、なほなほせちにいふめれば、「さらば」とて、几帳のほころびより、櫛の箱の蓋に、「丈に一尺ばかり余りたるにや」と見ゆる髪の、筋、裾つきいみじううつくしきを、わげ入れて押し出だす。かたはらに、いま少し若やかなる人の、「十四五ばかりにや」とぞ見ゆる、髪、丈に四五寸ばかり余りて見ゆる、薄色のこまやかなる一襲、掻練など引き重ねて、顔に袖を押しあてて、いみじう泣く。「おとなるべし」とぞ、おしはかられ侍りし。また、若き人々二三人ばかり、薄色の裳引きかけつつゐたるも、いみじうせきあへぬけしきなり。「乳母だつ人などはなきにや」と、あはれにおぼえ侍りて、扇のつまに、いと小さく、

おぼつかな憂き世背くは誰とだに知らずながらも濡るる袖かな

と書きて、幼き人の侍るしてやりて侍りしかば、このおとといにやと見えつる人ぞ書くめる。さて取らせたれば、持て来たり。書きざまゆゑゆゑしう、をかしかりしを見しにこそ、くやしうなりて。

（上・二〇頁八行～二六頁四行）

「少将の君」が披露したのは、はかばかしい後見もない高貴な姫君の、あながちな出家の物語であった。第二話からこの第三話への連係は、無理に子供の死を想定せずとも、男に捨てられ厭世願望を募らせた女の遁世という筋書きだけで、すでに十分保たれているといえよう。（注10）けれども、そこへ愛児喪失のシナリオを付け加えてみるならば、両者の結びつきはいっそう強固なものとなるはずであり、幼いわが子を喪った若い母親の絶望は、この思い余った出家に一段と説得力を与えることになるのである。このありさまをのぞき見て仔細のわからぬままに同情の歌を詠み贈った語り手が、あとで「くやしうな」ったというのも、「おととにやと見えつる人」

の返歌の「書きざま」が「ゆゑゆゑしう、をかし」かったために自らの贈歌のいたらなさを恥じたのではなく、むしろ、その歌の内容から姉君の剃髪のわけを知るに至り、自分が何げなく「幼き人の侍るして」歌を届けさせたその軽率な行為に後悔の念を覚えずにはいられなかった、というのではないかと感じられるのであるが、これはいささか我田引水の読みであろうか。

ともあれ、第二話で亡き子を悼む歌を詠んだ女の出離への願いは、その時極限にまで昂じていたはずであり、そうであってみれば、これを引き継いだ三番手「少将の君」が語るべきは、もはやそうした女性の、悲痛な出家シーン以外には考えられなかったに違いない。その意味では、第一話から第二話へのプロットの展開のあり方が、語り手のかなり自由な創造領域に属していたのにくらべて、第三話の見せた帰結は、前話が語り終えられた時点でほとんど予定されたものであったともいえよう。

以上、第二話を読み改めることによって、三話相互の関係が従前にもましていっそう緊密化することを検証してみたが、ここでもう一歩踏み込んで述べておきたいのは、第二話は第一話に登場した「ある君達」の、また、第三話は第二話で語られた清水寺の女の、それぞれの後日譚を明確に意図したものではないかということなのである。第一話のヒロインは乳母くらいはいたとしても、明らかに「ひとり」の身の上であったから、第三話の妹のいる女性とは、その点だけでも別人とみなければならないだろう。したがって、三話を通じて同一の姫君の運命が描き出されているとまで想定するのはいかにも無理であるが、問題を第一話と第二話、第二話と第三話との関係に区切って考えてみるならば、それぞれ前後の女人像に矛盾はなく、同じ女性の生の軌跡として読むことができる。二番目三番目の語り手は、自らの責務を果たすにあたって、少なくとも前話での人物像をそのまま継承することを心がけていた可能性があるのではないかと推測されるのである。

五

ところで、『このついで』の主部を構成する三つの話は、あくまで話者の見聞もしくは体験談なのであって、三者に意図的な関連性は認められないと主張する立場もある。(注11) しかし、それはあまりに皮相な理解なのではなかろうか。確かに、第一話は「この御火取のついでに、あはれと思ひて人の語りしことこそ、思ひ出でられ侍れ」という前口上のあとで切り出され、第二話は「去年の秋ごろばかりに、清水に籠りて侍りしに」、第三話は「をばなる人の東山わたりに行ひて侍りしに、しばししたがひて侍りしかば」と、それぞれ自らの見聞として語りはじめられているし、また、一般に自己の直接経験を表す過去の助動詞とされる「き」の使用も、この立場を支える大きな根拠となっているものと思われる。

ところが、世の中には〝まことしやかな嘘〟というのもある。架空の話に迫真性をもたせようとする場合、それをはじめからまったくのソラゴトとして語るのではなく、自分が実際に立ち会った現実の出来事として展開していく方がはるかに有効な手段であるといえるし、助動詞「き」が〝まことしやかな嘘〟に意識的に多用された例としては、『竹取物語』でくらもちの皇子が艱難辛苦の末に蓬萊の玉の枝を持ち帰ったという、あの〝体験談〟を思い起こすだけで十分であろう。したがって、『このついで』の三つの話がいずれも語り手の体験談でなければならないとする理由はどこにもないといってよいのである。

ゆえに、伊井春樹氏がその点を、話者が「何の脈絡もなく、まさに断片的な体験談を、恣意にまかせて思いついたまま語ったの」ではなく、「虚構に信憑性を持たせるため、女房たちはいずれも体験談として語り継ぐのである」と看破した(注12)のは、まさに明察というほかはない。さらに氏は、『このついで』の三話に「相手の話を聞き、そのテーマの大枠を踏み出さない範囲で、自由裁量による物語を展開させ、次の作者へと引き継ぐ」構造を見て取り、これを「連想接続」による「本歌取り式物語」と呼称するが、この指摘もまたおおいに従うべき卓見であったと思うのである。

ただし、伊井氏の見解と私見との間には相違点が一つだけある。それは、氏が第一話を「宰相中将の、あまり人に知られたくない恋愛の一コマ」を女房「中将の君」がカムフラージュして語ったもので、この話がヒロインの「ただ今」を語る第二話へと受け継がれていく段階で「物語に昇華」され、たとえこの「恋物語は、事実であったとしても」、もはや「物語化された中では事実でなくなる」としている点。すなわち氏は、第一話を作中人物の事実に取材した物語と考え、虚構の種を実話に求めているわけである。しかし、そもそも「中将の君」の「この御火取のついでに、あはれと思ひて人の語りしことこそ、思ひ出でられ侍れ」という口火となることばからして、「火取」と「独り」との掛詞から着想された悲恋物語の一場をリアルに語り出すための、いわば方便であった可能性さえ十分にあるのではないだろうか。「中将の君」は「さらば、継い給はむとすや」（上・一三頁七行）と、女房たちに交換条件を突きつけてからおもむろに語りはじめるのである。ここにいう「継ぐ」ことの実態は、一番手の話を順々に「継い」で一つの物語を発展させることを意味しているのであり、それならば、何もその発端だけが実話に基づいている必要はないといえよう。第二話・第三話が明らかに体験談を装った作り話であってみれば、第一話の核だけを事実談として特別視しなければならない絶対的根拠はないはずであり、両者の間には、何ら質的な差異は認められないと判断されるのである。要するに、始発からしてすでに虚構の〈物語〉は動きはじめていたのではないかと考えるのである。

また、倉野憲司氏は、これらの物語をいずれも「見聞談」と把握しつつも、そこには「恋愛→厭世→出家と、王朝女性の歩いたであらう一つの道が、まことにしめやかな情調を以て描き出されてゐる」のであって、「この三つの話は三部作をなしてゐるとも見ることが出来る」とつとに指摘しているが、(注13)ただ「恋愛↓厭世」とまとめるところを「恋愛と子供の誕生、そして破局の予感↓愛児の死と絶望」とでも改め、さらに「三部作」という表現の妥当性をこの際あえて問題にしないならば、三話の一貫性に関する私見は、この見解にも基本的に重なりあっていくもののように思われる。

六

さて、最後に篇名である。『このついで』というタイトルの原拠については、作品中の「この御火取のついで」および「あいなきことのついで」、あるいはまた、『源氏物語』梅枝巻で光源氏が催した薫物合の部分に見える、

このついでに、御方々の合はせ給ふども、おのおの御使して、「この夕暮のしめりに試みむ」と聞え給へれば、さまざまをかしうしなして奉れ給へり。

(日本古典文学全集③・三九九～四〇〇頁)

云々の条がこれまで指摘されてきており、また、「火取」の縁で「このついで」の「こ」には「籠」の意が掛けられているともいわれている。

『このついで』の字句がはたして何に由来するものなのかといった点はそれとして、今は、この篇名がいったい何を表しているのかというところを問題にすべきであろう。稲賀敬二氏は「薫物―火取り―籠―子という場面と第一話との、第一次的な連想に加えて、第一話の恋愛、第二話の厭世、第三話の出家、という第二次的な連想をも重ね合わせ、それを統括する「このついで」の題名を考えることもできよう」（『全集』）と述べているが、ここで示唆的なのは、「こ」を「籠」にとどまらせず「子」にまで結びつけている点である。もっとも、この指摘は「籠」と「子」との掛詞をもつ一首が核となる第一話との関連に限定されるものであるが、これに本論の論旨を反映させるならば、三話全体をとおして「こ」に「子」の響きを認めることも許されるのではあるまいか。

第一話に描かれたのは、愛らしい子供の存在。第二話が明かしたものは、愛児の死。そして、第三話が語る切迫した若い女の出家は、わが子の夭折がその決定的要因として作用していたと読むことを妨げず、さらには「幼き人」の点出もあった。こうしてみると、『このついで』とは結局のところ『子のついで』なのであって、「子を契機として展開する物語」の意を込めた篇名ではなかったかと考えられてくるのである。

注

(1)鈴木一雄『堤中納言物語序説』(桜楓社、昭五五)Ⅲ「『堤中納言物語』覚書」二七八頁。

(2)この歌の第三句は、諸本「うきことを」であるが、「を(遠/越)」は「も(毛/茂)」の誤りと判断して改めた。

(3)和歌に多用される「〜なりけり」は、はじめてその事実の存在に気づいた場合、あるいは、あらためてその事実の存在を強く認識した場合に用いられる表現、すなわち、詠嘆をともなった発見もしくは確認の叙法といえる。したがって、「木の葉なりけり」には、「木の葉であったことよ」「木の葉だったのだなあ」などの訳が与えられてしかるべきもののように思われるのであるが、その点、『堤中納言物語』諸注のうち多くがこの部分を以下のごとくに口語訳しているのは、はたしていかがなものであろうか(傍線著者)。①「憂き事もなさそうな木の葉は嵐のために散つてゆくことである」(『評釈』)②「嵐のために散つてしまふのが木の葉なのです」(藤田徳太郎「堤中納言物語新釈」)③「木の葉は、何も憂いこともあるまいに風のままに散つてゐることよ」(『新註』)④「木の葉はつらい事もあるまいに、嵐に散って行く」(『全書』)⑤「嵐に散っている木の葉であることよ」(『大系』)⑥「木の葉が、嵐に散って居るのであることよ」(『全註解』)⑦「木の葉はあれあのように嵐のまにまに散ってゆく」(『全集』『完訳』『新編全集』)⑧「木の葉が、嵐に散ってゆくのであるよ」(『鑑賞』)⑨「今も嵐に散つてゆく木の葉である」(『注釈的研究』)⑩「嵐の吹くままに散っていく木の葉は潔いことよ」(『全訳注』)⑪「その「あらし(荒い風)」に散っている木の葉であるよなあ」(『集成』)。①③④⑥⑦⑧は、いずれも歌の語順を転倒させての解釈であり、「木の葉なりけり」の忠実な訳とはとてもいい難いし、甚だしい意訳という点では、⑩も同断である。また、②などは、むしろ「あらしに散るは木の葉なりけり」の訳に近いだろう。こうした事実は、従来「厭ふ身は」の一首がいかに把握しきれていなかったかということを、図らずも物語っているのではないだろうか。

(4)『和泉式部集』『和泉式部続集』の歌番号は、岩波文庫(清水文雄校注、昭五八)に拠った。
(5)森正人「堤中納言物語『このついで』論」(『愛知県立大学文学部論集・国文学科編』第二十九号、昭五五・三)。
(6)「「このついで」の構想——作者論と読者論のこころみ——」(『平安文学研究』第四十九輯、昭四七・一二)→『源氏物語論考』(風間書房、昭五六)二八三頁。
(7)森正人氏前掲注5論文。
(8)「「このついで」」(『国語と国文学』第十七巻第七号、昭一五・七)。
(9)伊井春樹氏前掲注6書二八八~二八九頁。
(10)同じ『堤中納言物語』の中から一例を指摘するならば、『花桜折る中将』の冒頭から間もない部分がある。たまたま通りかかった家がかつて交渉をもった女性の住まいであったことを思い出し、取り次ぎを申し込んだ主人公は、その家の者から「その御方は、ここにもおはしまさず。何とかいふ所になむ、住ませ給ふ」（上・二九頁六行～八行）と聞いて、「あはれのことや。尼などにやなりたるらむ」と「うしろめたく」（上・二九頁八行～三〇頁二行）思っている。

(11)比較的近年のものでは、吉海直人「このついで」（『国文学解釈と鑑賞』第五百九十七号、昭五六・一二）が「挿入された三話に関しては、単に見聞譚というだけで、全く脈絡も展開も認められず、まさにデカメロン式に続いている」とし、『集成』が「作品全体は、「あはれ」で統括されている。けれども、物語素材に、直接の相互関連はない。一種のオムニバスomnibus 形式を採用する構成といえよう。相互に分離して自立する素材を、一個の主題によって、一編の作品に統合する作品形象は、この作品の創始と看做してよかろう」とするなど。

(12)伊井春樹氏前掲注6書二八五頁。以下、同論より摘要。

(13)倉野憲司氏前掲注8論文。

2

『このついで』篇名由来考

一

前論（本書❶）において、『堤中納言物語』の一篇『このついで』の第二話で、清水寺に籠る女が「いみじう忍びやかに」詠んだ歌、

厭ふ身はつれなきものを憂きこともあらしに散れるこの葉なりけり（注1）

（上・一九頁五行〜六行）

の「この葉」の部分に、「木（の葉）」と「子（の葉）」の掛詞を認定することで、この歌を幼子を亡くした母親の悲痛な心情吐露と解することが可能になると述べた。のみならず、これによって、三人の登場人物がリレー形式で語る作中物語三話についても、〈恋愛と子供の誕生・破局の予感〉→〈愛児の死と絶望〉→〈苦悩の果ての出家〉という、ある薄幸の女性がたどった生の軌跡を緩やかな脈絡を保ちつつ語り継いだものと考えられるようになると主張し、一篇の最終節を次のように書いて締め括りとした。くどくなるが再掲する。

さて、最後に篇名である。『このついで』というタイトルの原拠については、作品中の「この御火取のついで」および「あいなきことのついで」、あるいはまた、『源氏物語』梅枝巻で光源氏が催した薫物合の部分に見える、

このついでに、御方々の合はせ給ふども、おのおの御使して、「この夕暮のしめりに試みむ」と聞え給へれば、さまざまをかしうしなして奉れ給へり。

（日本古典文学全集③・三九九〜四〇〇頁）

云々の条がこれまで指摘されてきており、また、「火取」の縁で「このついで」の「こ」には「籠」の意が掛けられているともいわれている。

『このついで』の字句がはたして何に由来するものなのかといった点はそれとして、今は、この篇名がいったい何を表しているのかというところを問題にすべきであろう。稲賀敬二氏は「薫物―火取り―籠―子という場面と第一話との、第一次的な連想に加えて、第一話の恋愛、第二話の厭世、第三話の出家、という第二次的な連想をも重ね合わせ、それを統括する「このついで」の題名を考えることもできよう」（『全集』）と述べているが、ここで示唆的なのは、「こ」を「籠」にとどまらせず「子」にまで結びつけている点である。

もっとも、この指摘は「籠」と「子」との掛詞をもつ一首が核となる第一話との関連に限定されるものであるが、これに本論の論旨を反映させるならば、三話全体をとおして「こ」に「子」の響きを認めることも許されるのではあるまいか。

第一話に描かれたのは、愛らしい子供の存在。第二話が明かしたものは、愛児の死。そして、第三話が語る切迫した若い女の出家は、わが子の夭折がその決定的要因として作用していたと読むことを妨げず、さらには「幼き人」の点出もあった。こうしてみると、『このついで』とは結局のところ『子のついで』なのであって、「子を契機として展開する物語」の意を込めた篇名ではなかったかと考えられてくるのである。

二

「このついで」という篇名の謎を「子を契機として展開する物語」の意に解いてみたわけだが、その拠って来るところに関しては従来の説をかいつまんで紹介するにとどまり、自説を展開するには至らなかった。そこで本論では、前論の段階で「それとして」と保留にしておいたこの作品の篇名の由来について、いささか大胆な仮説を提起してみようと思う。

物語の篇名（ないし書名）の由来は、第一に作品内部の表現もしくは作品全体の内容・主題に求められるべきであろうし、実際、それがたいていのあり方ではなかろうか。『堤中納言物語』に収められた他の九篇の命名方法に照らしてみても、事は明らかなはずだ。その意味でやはり注目しなければならないのは、「この御火取のついでに」ゆくりなくも思い出された「あはれと思ひて人の語りしこと」（上・一三頁二行〜三行）、すなわち口火となる第一話を語り終えた「中将の君」に二番手の指名を受けた「中納言の君」の発言、

あいなきことのついでをも聞えさせてけるかな。あはれ、ただ今のことは聞えさせ侍りなむかし。（上・一七頁三行〜五行）

だろう。ところが、右引用本文の前半部は、傍線部「ことのついで」を篇名「このついで」と結びつけて云々する以前の問題として、このままでは素直に受け入れ難い訝しさを孕んでいるといえるのだ。

その第一の理由は、「ことのついで」の部分を忠実に解釈しようとする際に生じる不審である。参考のため、まずは当該箇所に関する『堤中納言物語』諸注の見解を類別して列挙してみよう（傍線著者）。

A【「こと」＝「言」＝「話」と考え、「ついで」を糸口の意に解く立場】

○つまらない話の緒をお聞きになつたものですこと。（『評釈』・通釈）

○何にもならないつまらない話のいとぐちをお聞きになつたものですね。（『新講』・通解）

○つまらない話の緒をつけておしまいになったのね。（上田『新釈』・通解）

○つまらない話のいとぐちを申しあげてしまったことですね。（佐伯・藤森『新釈』・通釈）

○つまらない話の糸口をお話しになったものですねえ。（『大系』・頭注）

○わけもない、話の糸口を申し上げてしまったものでございますわいなあ。（『全註解』・口訳）

○つまらない話の糸口をあなた（中将の君）は中宮様のお耳に申しあげてしまったものでございますねえ。（『鑑賞』・口訳）

○別にこれといったわけでもない話の糸口を申し上げてしまったことですね。（『対照』・現代語訳）

B【「こと」を事実上無視し、「ついで」を糸口の意に解く立場】

○つまらない糸口をおつけになつたものですね。／つまらないことの糸口をよとの意。（『注釈的研究』・通釈／語釈）

C【「こと」＝「事」＝「火取」と考え、「ついで」を連想話の意に解く立場】
○とんでもない火取りからの連想を中宮様のお耳に入れてしまいましたこと。（『全集』・口語訳／『完訳』・現代語訳／『新編全集』・現代語訳）
○とんでもない火取りついでのお話を、女御に申しあげたものですね。（『全訳注』・現代語訳）
○とんでもない香炉の連想（『集成』・傍注）
D【「こと」を事実上無視し、「ついで」を連想話の意に解く立場】
○つまらない聯想をお話しになつたことですね。（『全書』・頭註）
○つまらない『ついでの話』をお話申上げなさってしまったのですね。（『全釈』・訳）
○つまらない「ついでの話」を中宮にお話申し上げたことですねえ。（『新大系』・脚注）

大別して、A・B対C・Dの対立が見て取れるが、さしあたり俎上に載せるべきは、A・Cの両説であろう。「ことのついで」の「こと」は、文脈によって「事」の意にも「言」の意にもなるので、一見双方ともに成り立つ余地があるかに見えるのだけれども、残念ながら、いずれの説にも看過できない難点があるといわざるをえないのが実情なのだ。

はじめに、Aの立場についていえば、「こと」を「話」と解くところまではよいのだが、「ついで」をその「糸口」の意とする点に問題がある。なぜならば、「言のついで」がこの単位で

機能する場合、

・そのころ大臣の参り給へるに、御物語こまやかなり。言のついでに、斎宮の下り給ひしこと、先々ものたまひ出づれば、聞え出で給ひて、さ思ふ心なむありしなどはえあらはし給はず。（『源氏物語』絵合巻／日本古典文学全集②・三六四〜三六五頁）

・大殿の、さばかり言のついでごとに、「（中略）」と、いましめ聞え給ふをおぼし出づるに（同若菜上巻／同④・一四一頁）

・その御けしきを見るに、いとど憚りて、とみにもうち出で聞え給はねど、せめて聞かせ奉らむの心あれば、今しも言のついでに思ひ出でたるやうに、おぼめかしうもてなして（同横笛巻／同・三五六頁）

のごとくに、別の話題や本題が先にあって文字どおりその「話」の「ついで」の意味になるのであり、「ついで」の語は「糸口」ではなく「機会・折」の意にしか解釈できないからである。当面のとなれば、ここにおいてA説の妥当性は根底から揺らぐことになりはしないだろうか。「こと」を「言」と解した場合、「ついで」はいわばお荷物になってしまうのであって、別ない方をするならば、作者は「あいなき言をも聞えさせてけるかな」とのみ書けばそれで事足りたと考えられるのだ。
しかるになお、次のような反論を招くおそれはあるかもしれない。すなわち、『源氏物語』橋姫巻にA説を援護する強力な用例があるではないかと。

明け方近くなりぬらむと思ふほどに、ありしののめ思ひ出でられて、琴の音のあはれなることのついで作り出でて、(薫八八ノ宮ニ)「前のたび霧にまどはされ侍りしあけぼのに、いとめづらしきものの音、一声うけたまはりし残りなむ、なかなかにいといぶかしう、飽かず思ふ給へらるる」など聞え給ふ。
(日本古典文学全集⑤・一四八頁)

なるほどこれなどは、いかにもA説に根拠を与えうる用例に見え、近・現代の『源氏物語』諸注の中にも、「琴の音のあはれなることのついで(作り出でて)」の箇所を、「弾き物の音というものは趣のあるものだといふ話の糸口を」(吉沢義則『対校源氏物語新釈』)、「琴の音の身にしむという話の糸口をつくり出して」(玉上琢彌『源氏物語評釈』・訳文)、「琴の音が身にしみるという話の糸口をつくりだして」(阿部秋生・秋山虔・今井源衛『日本古典文学全集』・口語訳)と訳し、傍線部の訳語が一致しているものもある。しかしながら、この「ことのついで」は、格助詞「の」を挟んで「こと」と「ついで」に分割され、焦点となる「ついで」は、

・もし見給へ得ることもや侍ると、はかなきついで作り出でて、消息などつかはしたりき。

（『源氏物語』夕顔巻／日本古典文学全集①・二一八頁）

・いとよきついで作り出でて、少し近く参り寄り給ひて、かの夢語りを聞え給へば、とみにものものたまはで聞し召して、おぼしあはすることもあり。

（同横笛巻／同④・三五五頁）

・なほのたまはずやあらむと思へど、御けしきのゆかしければ、大宮に、さるべきついで作り出でてぞ啓し給ふ。

（同手習巻／同⑥・三五四頁）

・内裏にも、大臣ついで作り出でて、ほのめかし奏し給ひければ

（『狭衣物語』巻三／日本古典全書下・六二頁）

といった諸例に同じく、動詞「作り出づ」と一体化して「機会を設ける・契機を意図的に作る」の意を表す機能を果たしているのであって、その点で、『このついで』の用例とは似て非なるものと判定されなければならない。橋姫巻の場合は、八の宮を再訪した薫が、「琴の音のあはれなること」という一般的な話をまずして、以下本題に移行するための機会を設けた、と述べているわけである。(注2)

つづいて、C説の検討に移ろう。この立場のポイントは、Ｉ「こと」を「言」ではなく

「事」の意に解し、具体的には、「中将の君」の口火となる発言「この御火取のついでに」云々を受けて「火取」のことを指すとする点、および、Ⅱ「ついで」を「糸口」ではなく「連想・ついで話」の意とする点、の二点にある。両者のうちⅡの考え方についていえば、これを単独で見るかぎり、『土佐日記』承平五年正月十一日の条、

今し、羽根という所に来ぬ。若き童、この所の名を聞きて、「羽根といふ所は、鳥の羽根のやうにやある」といふ。（中略）この羽根といふ所問ふ童のついでにぞ、またいにしへ人を思ひ出でて、いづれの時にか忘るる。（新日本古典文学大系・一二～一三頁）

の例などから「ついで」を「連想」と解釈できるのはもちろんのこと、『枕草子』「あはれなるもの」の段で藤原宣孝の挿話が語られた直後に現れる、

これはあはれなることにはあらねど、御嶽のついでなり。（新日本古典文学大系・一五四頁）

の例より推すならば、このことばが「ついで話」の意になることさえ十分にありえたと考えられる。

けれども、残念なことに、A説を批判した時と同じ論法がここでもまたその可能性を摘み取る結果になるのである。つまり、「事のついで」がこの単位で機能する場合もやはり、

・事のついでに、藤壺にまうでて侍りしかば、しかじかのことをのたまひしはや。

（『うつほ物語』蔵開上巻／『うつほ物語 全』・五一五頁）

・はかなき事のついでに、おのづから人の用意はあらはなるものになむ侍る。

（『源氏物語』夕霧巻／日本古典文学全集④・四四四頁）

のごとくに、別の事柄や用件が先にあって文字どおりその「事」の「ついで」の意味になるのであり、その場合、「ついで」の語は「連想・ついで話」ではなく「機会・折」の意にしか解しえないわけだ。これに連動して、Iのごとく「事」を「火取」に置き換えるのもまた不可能と判断せざるをえず、早い話が、C説を成り立たせるためには、作者に「あいなき火取のついでをも聞えさせてけるかな」と書いてもらわねばならなかった、との結論に到達するのである。

以上、従来の解釈を検証することで、当面の「ことのついで」という表現自体の訝しさが浮き彫りになったものと思う。が、それにもまして疑問視されるのは、「ことのついで」を「聞えさす」という表現の不自然さなのである。すでに掲げたいくつかの用例に、

・かく投げつとも、帝はえしろしめさざりけるを、ことのついでありて、人の奏しければ、聞し召してけり。

（『大和物語』第百五十段／日本古典文学全集・三九八頁）

・常に聞えむと思ひ給へつれど、ことのついでもなく、常に人騒がしかりつれば、聞えざりつるこそ。

（『うつほ物語』蔵開上巻／『うつほ物語 全』・五一四頁）

・ことのついで侍らば、御耳とどめて、よろしう明らめ申させ給へ。

（『源氏物語』柏木巻／日本古典文学全集④・三〇六頁）

などの例を追加してみれば明らかなように、「ことのついで」に実質下接する語は、「に」「ごとに」「あり」「侍り」「なし」の五つほどにほぼ限定されていたらしく、目下のところ、格助詞「を」を介した「いふ」「のたまふ」「おほす」「申す」「聞ゆ」「聞えさす」等の接続例は管見に入っていないし、また、そもそもの理屈からいっても、「ついで」の語義が「機会・折」に固定されているのであってみれば、それ「を申し上げる」とはいかにも考えづらいことばの連鎖ではないか。このとおり、「ことのついで」を「聞えさす」というのは随分と奇異な表現なのであって、この点こそが、「中納言の君」の発言前半部を「素直に受け入れがたい」と述べた第二の、そして、より大きな理由なのだ。

三

もとより「ことのついで」とは、一篇のタイトル『このついで』と同一のことばではない。さらに、それ以前の問題として、「あいなきことのついでをも聞えさせてけるかな」の一文には、前節で指摘したように看過すべからざる不審点があった。だが、『このついで』という篇名の由来は、なおもここに求められねばならないと思う。すなわち、「ことのついで」を「このついで」の誤写と考えることによって、篇名との整合が図られその意味するところも明瞭となるほか、現本文に対する上述の疑問も雲散霧消するのではないかというのが、本論で提案したい「いささか大胆な仮説」の正体なのである。

はじめに、〝誤写〟の可能性について説明しておくならば、転写の過程における「この」から「ことの」への変化は十分に認められてよく、具体的には、次に挙げる二とおりのケースを想定してみることができる。

a 漢字または仮名の「子」が漢字「事」の草体に見誤られて、「子の」ないし「この」の本文が、「事の」そして「ことの」に転化した。

b「こ」と「の」の間に誤って「と」の字が挿入され、「この」の本文が「ことの」に転化した。

二者のうち、bのケースもありえなくはないと思うが、実際にはその実例を見いだしにくい。したがって今は、より可能性の高いaの道筋をたどって、「この」→「ことの」の本文転化が生じたものと考えておきたい。参考のため、『堤中納言物語』同様古写本も現存せず本文の損傷が激しい『うつほ物語』の中から、「子」と「事」の交替あるいはそれに準じる例を拾い出してみよう。

①たのみ給事ことの中にも、さおもひたるもおほかんなれば、いかにあらむ。
（国譲下巻／古典文庫・一六〇三頁）

②かしらのかみにほむらのつき、たいかいにながるゝをたすくる子もなし。
（菊の宴巻／同・六二二頁）

③あるよにだに、女しは、よろづのことむつかしくやさしきものと
（国譲上巻／同・一二四五頁）

まずは①の傍線部で、右に掲出した尊経閣文庫蔵前田家本のほか、桂宮本や浜田本でも「事こと」とあるようだ。（注3）しかし、これではうまく意味が通らず、この物語の注釈書類が多くそう処置しているように、「事こと」の部分は「子ども」に改訂されねばならない。「子」が漢字の「事」、「と（止）」が「こ（己）」、「も（毛）」が「と（止）」にそれぞれ間違われたか、または、「こと」の二文字が漢字の「事」に置換され、かつ、「も（毛）」が「こと（己止）」の二字に見誤られたか、いずれかの結果としてこのような形の本文が生じたのであろうが、かりに前者が真相であれば、「子」→「事」の交替例に数えることができるだろう。ついで②の「子もなし」は、明らかに「事もなし」の誤写であって、当面のケースと方向は逆だが、確例といえる。残る③の「女し」は、「女子」からの転化例にほかならず、漢字「子」が漢字「事」に誤って写され、さらに、「事」を字母とする仮名の「し」に読まれてしまったものと推定されるのである。

では、私案に従って、問題の本文を、

あいなきこのついでをも聞えさせてけるかな。あはれ、ただ今のことは聞えさせ侍りなむかし。

に改めた場合、事態はどのような変貌を遂げることになるのだろうか。もちろん、せっかくの

〝復元〟本文「このついで」を、

・かの旅の御日記の箱をも取り出でさせ給ひて、このついでにぞ、女君にも見せ奉り給ひける。

（『源氏物語』絵合巻／日本古典文学全集②・三六八頁）

・このついでに、御方々の合はせ給ふども、おのおの御使して、「この夕暮のしめりに試みむ」と聞え給へれば、さまざまをかしうしなして奉れ給へり。

（同梅枝巻／同③・三九九〜四〇〇頁）

・上も、このついでに、中宮に御対面あり。

（同／同・四〇五頁）

・やがて、このついでに、不断の読経懺法など、たゆみなく尊きことどもをせさせ給ふ。

（同御法巻／同④・四八五頁）

等々普通の用例と同列に扱って、「こ」の部分を近称の指示代名詞と解するわけではない。もしもそのように考えるとしたら、「このついで」は「この機会」の意にしかならないので、「このついで」を退けたのと同様の理由により、「このついで」の本文もまた一蹴されねばなるまい。いうまでもないことだが、ここで提起したいのはそうではない、「このついで」をめぐるまったく別の考え方なのである。

つまり、「ことのついで」を「このついで」に改訂することによって、「こ」を「籠」と「子」の両義に解釈することが可能になり、霧に閉ざされていた視界が豁然と開けてくるという話。「篇名との整合が図られ」るといった形式的な利点のほかに、ポイントは三つほどある。

その第一は、「このついで」＝「籠のついで」が、話の発端となった「中将の君」のことば「この御火取のついでに」を意識した語句として明確に位置づけられる点。ほかでもない、「火取」を「籠」に替えて応じたところにこそ機知が働いていたのである。「こと」＝「言／事」のままでは、この妙味は伝わるべくもない。

第二は、「このついで」＝「籠／子のついで」を、「中将の君」が語った第一話の核となる歌、

こだにかくあくがれ出では薫物のひとりやいとど思ひ焦がれむ　（上・一六頁一行～二行）

の傍線部「こ」が「籠」と「子」の掛詞であったのをうまく受けた、当意即妙の洒落であったと理解することが可能になる点。第一点と複合して、話し手が働かせた機転、作者の凝らした絶妙の趣向が、これでようやく全容を現すことになる。「中納言の君」が「あいなき火取のついでをも聞えさせてけるかな」と平凡に応答しなかった理由は、ひとえにこれらの点にあったといえよう。

そして第三は、「こ」＝「籠／子」であるなら、「ついで」の語を、先に紹介した『枕草子』の「御嶽のついで」の例と同じく、「連想話・ついで話」の意に解釈でき、これにともなって、下の「聞えさす」との接続が自然になる点。「籠からの連想話、／子を契機とする話」を「申し上げる」のであってみれば、そこには何の違和感も生じないはずだ。

以上を要するに、『このついで』という篇名は、「中納言の君」のウイットに富んだ返答「あいなきこのついでをも聞えさせてけるかな」に直接拠って付けられたのであって、表向きは「籠からの連想話」の意を、そして、実質は「子を契機として展開する物語」の意を表しているると総括することができよう。現本文「こと」を「こ」の誤写と認めるだけで、事態はこうもあざやかに変貌するのである。

四

これまで、

○この題名が、内容的にみて、文中の「この御火取のついで」「あいなき事のついで」によることは明らかであるが、薫物の話の縁で、伏籠の「籠」を「この」にかけたとする説もすてがたい。さらに源氏物語の梅枝の巻の薫物合わせの条に「このついでに御方々の合せ給ふども、おのおの御使いして、この夕暮のしめりに試みむと聞え給へれば、さまざまをかしうしなして奉れ給へり」とあるのが、この一篇の着想のより所であることも、まず確実であろうし、少なくとも「このついで」ということば自身は、右の本文からとっていることは動かせないところであろう。（『全釈』・注）

○題名は文中の「この御火取りのついで」によるか。火取り（香炉）にかぶせる伏籠を「籠」と呼ぶのを掛けて「このついで」と称したのであろう。（『対照』・脚注）

○題名はこの巡り物語の第一話に「この御火取りのついでに」、また第二話に「あいなきことのついでをも……」とあるところからつけられたものであろう。さらに、巡り物語のきっかけが火取りの香炉にあったのだが、その縁語「籠」（中略）とかけて洒落ていると考えられる。（『全訳注』・鑑賞）

○標題は、作品本文の、「この御火取のついで」と「あいなき事のついで」と、とくに、「この御火取のついで」に由来する。「この御火取」の「こ」は、近称の指示表現だが、掛詞による連想喚起の映像は、「籠」となる。すなわち、薫物の「火取」の縁語で、「此の御火取のついで」は、「籠の火取のついで」でもある。『源氏物語』（梅が枝）で、「このついでに、御方がたの合はせたまふ」と、薫物合のことがある。（『集成』・頭注）

などと説明されてきた篇名の由来について、私見のごとくに考えることが許されるとすれば、『このついで』というタイトルの命名法は、『よしなしごと』が、作品末尾の追伸ないし跋文冒頭の一文、

つれづれに侍るままに、よしなしごとどもを書きつくるなり。（上・六一頁四行～五行）

に拠り、またこれに準じるケースとして、『ほどほどの懸想』が、小舎人童と女童の相愛の様子を語る箇所、

ほどほどにつけては、かたみにいたしなど思ふべかめり。（上・九九頁四行～五行）

に拠って、それぞれ名づけられたのと基本的に等しい、と断定することができる。三作とも作中の特定かつ具体的な表現に、タイトルの典拠を求めうる点で共通しているからである。けれども、『よしなしごと』や『ほどほどの懸想』が、篇名にそれ以上の含意を認めることのできない、いわば単純な命名であるのに対して、『このついで』の場合は、「こ」に「籠」と

「子」の両義が掛けられている点で実のところ決定的に異なっているともいえ、そうした篇名の性質は、むしろ『貝あはせ』のケースにこそ近い。

むろん、『貝あはせ』という篇名も、一義的には物語中に見える「貝あはせ」の語に由来している。(注4) しかしながら、事はそれだけではなかった。すなわち、井上新子「『貝合』の〈メルヘン〉――〝無化〟される好色性――」(注5)が、

> 題名の『貝合』は、(中略)「白波に心を寄せて」の歌の「かひなきならぬ心寄せなむ」に象徴される、蔵人少将の新しい恋への期待や子供たちの御利益への期待を勘案すると、ともに「かひ(甲斐)」あることを願った、蔵人少将と子供たちとの「かひあはせ」という意味合いが込められているとみることもできよう。

と述べ、私も、拙稿「観音霊験譚としての『貝あはせ』――観音の化身、そして亡き母となった男――」(本書3)でこの見解を積極的に支持し、その理由について、

「蔵人少将の新しい恋」云々は措くとして、この物語の篇名『貝あはせ』には、『甲斐あはせ』の「意味合いが込められている」と私も確信するからだ。「観音霊験譚としての『貝

あはせ』」にとって焦点となることばは、少女たちの『観音経』祈願によってもたらされた「甲斐」、すなわち効験にほかならない。ならば、『貝あはせ』は同時に『甲斐あはせ』を意味したと考えてよいだろう。さらにいえば、当時多くあった物合の中から作者がことさら「貝合」を取り上げたのも、こうした作意に沿うための必然的選択だったと思うのである。

と記したとおり、『貝あはせ』の「かひ」は、「貝」と「甲斐」の二つの語義を同時に担うことばであったと認定されなければならなかったのだ。(注6)『籠／子のついで』と『貝／甲斐あはせ』。『堤中納言物語』に収められた両短篇物語のタイトルは、まったくの同次元ではないにせよ、ともに作中の語句に依拠しつつ、さらに表裏両義を兼ね備えた点において、その実相通じるものがあったといえよう。

注

(1)この歌の第三句「憂きことも」の「も」を、諸本は「を」に作る。しかし、「憂きことを」では一首の意が通じにくく、「を」が「も」の誤りであることは明白。「毛」→「遠」または「茂」→「越」の誤写過程が容易に想定できよう。前論の注2ですでに指摘済みの事柄だが、ここで再度確認しておく。ちなみに、披見八本の字母は、すべて「遠」である。

(2)現代語訳を試みるならば、「琴の音色が心にしみるという話をし、（本題を切り出すための）機会を設けて」となろうか。近・現代の『源氏物語』諸注のうち、私見にもっとも近い訳文を提示しているのは、秋山虔氏が「現代語訳」を執筆した『完訳日本の古典』および『新編日本古典文学全集』であり、「琴の音は感に堪えぬものといった話から、それを糸口にして」としている（ただし、「それを糸口にして」という訳文は原文の「ついで作り出でて」に忠実な解釈とはいい難い。私解同様意訳になるのはやむをえないとしても、である）。一方、佐伯梅友『源氏物語講読』は「琴の音のおもしろいことを話す機会を作り出して」と訳しているが、これだと、「琴の音のあはれなる」話をすることが目的で、そのために何か別の「ついで」を「作り出で」たと読めて不自然。その他、当該本文に対する主要注釈書の訳文は、「弾物の音が身にしむといふ話のきつかけを作り出して」（池田亀鑑『日本古典全書』・頭註）、「琴の音が心にしみるといった話のきっかけをつくり出して」（石田穣二・清水好子『新潮日本古典集成』・頭注）、「（薫は）琴の音が感に堪えぬものという話のきっかけを作り出して」（鈴木日出男担当『新日本古典文学大系』・脚注）などとなっている。

(3)原田芳起『角川文庫　宇津保物語』下巻・二一八頁脚注19。河野多麻『日本古典文学大系　宇津保物語』下巻・三一三頁の「校注」欄に拠れば、同物語のいわゆる流布本系諸本十二本のうち、八本（延宝五年板本・榊原本其一・榊原本其二・猪苗代兼寿本・内閣文庫本・狩谷棭斎本・紀氏本・本居氏本・前田家本）までが「事こと」の本文を有しているらしい。

（4）「本文中に「貝合せさせたまはむとて」という言葉がある。しかし「貝合」そのものに主題があるのではなく、その準備段階に中心がある」（『全集』『完訳』『新編全集』）、「標題は、作品の本文にもある「貝合」に由来する」（『集成』）、「本文中に、「貝合せさせ給はんとて」（中略）とあるが、題名に逆らって物語の中味は、その準備段階が中心となっている」（『新大系』）など。別に、「題名は、貝合せの準備に忙しい継子の姫君をかいま見した蔵人の少将が、ひそかに後援したことによる」（『全訳注』）とするもの、すなわち、篇名の由来を直接作品の内容に求める見解もあるが、その場合にも、作品内部の表現に拠るとみる立場の有効性が失われるわけではない。

（5）「古代中世国文学」第八号、平八・五→『堤中納言物語の言語空間 織りなされる言葉と時代』（翰林書房、平二八）所収。

（6）そうであってみれば、『貝あはせ』は『かひあはせ』と仮名書きにするのが適切かもしれない。

3

観音霊験譚としての『貝あはせ』

――観音の化身、そして亡き母となった男――

取り出したのは、『貝あはせ』。〝歌物語〟ではないものの、作中に三首の和歌を含む。いずれも主人公蔵人少将の詠歌だが、この作品を論じるうえでもっとも重要な鍵を握るのは、そのうちの二首目の歌であるに違いない。前後の文章とあわせて、さっそくその歌をお目にかけるとしよう。

一

このありつるやうなる童、三四人ばかりつれて、「わが母の常に読み給ひし観音経、わが御前負けさせ奉り給ふな」(と)、ただこのゐたる戸のもとにしも向きて、念じあへる顔をかしけれど、「ありつる童やいひ出でむ」と思ひゐたるに、立ち走りてあなたに往ぬ。いと細き声にて、

かひなしと何嘆くらむ白波も君がかたには心寄せてむ

といひたるを、さすがに耳とく聞きつけて、「今、歌妙に。(注1)聞き給ひつや」「これは誰がいふべきぞ」「観音の出で給ひたるなり」「うれしのわざや。姫君の御前に聞えむ」といひて、さいひがてら、おそろしくやありけむ、つれて走り入りぬ。(下・八三頁五行〜八五頁六行)

いよいよ明日にと迫った貝合。窮地に追い込まれた継子の姫君を何としても敗北の憂き目にあわせまいと、縋る思いで「観音経」に祈願する少女たち。そして、こともあろうにちょうどその西方の戸の隠れに潜んでいたのが、ほかならぬ蔵人少将であったのだ。自分をここへと導いた女童が今にも潜伏を暴露するのでは、という心配が杞憂に終るや、彼は「いと細き声」を作って「かひなしと」の一首を詠じるに至るわけだが、この歌の趣向もしくは作中での機能を解き明かすにあたって、手はじめに正しておかねばならないのは、第三句中の用語「白波」に関する従来の誤った理解であろう。

○しら浪は盗賊の異称。後漢書に、「霊帝中平元年二《ママ》、張角反す、皇甫嵩之を討ず、角の餘賊、西海の白波谷に在り、《ママ》時俗白浪賊と号す」とあるのにもとづく。（『評釈』・語釈）

○「白浪」は、海の白浪と、盗人の意の白浪とをかけているといわれる。盗人のように忍びこんでいるから、自分のことを白浪といったと考えるのである。（佐伯・藤森『新釈』・語釈文法）

○白波は盗人の異名で、忍びこんだ少将自身をたとえた。（『大系』・補注）

○「白波」は中国の故事によって盗賊の異名。こっそり忍び込んでいる少将自身をたとえる。

○白波は盗賊をたとえる。後漢書の霊帝紀に「中平元年張角ガ反ス。皇甫崇《ママ》ガ之ヲ討ツ。角ノ余賊ハ西河ノ白波谷ニ在リテ盗ヲ為ス。時ニ俗ニ白波ノ賊ト号ス」とあるのに依る。
（『全集』・頭注）

○「白波」は中国の故事（『後漢書』霊帝紀）によって盗賊の異名。盗み見する少将自身をたとえる。
（『対照』・脚注）

○「しらなみ」は、「白浪」と「白波（盗賊の異名）」との掛詞。
（『全訳注』・注）

○「白波」は中国の故事（後漢書・霊帝紀）によると盗賊の異名。
（『集成』・頭注）

（『新大系』・脚注）

といった『堤中納言物語』諸注の、あたかも判で押したかのような説明は、『俊頼髄脳』が『伊勢物語』は「筒井筒」章段でおなじみの古歌、「風吹けば沖つ白波たつた山夜半にや君がひとり越ゆらむ」（『古今集』雑下・九九四／よみ人しらず）について、

白波といふは、盗人をいふなり。龍田山を、おそろしくやひとり越ゆらむと、おぼつかなさに詠める歌。
（日本古典文学全集・九一頁）

と説くのとまったく同じ次元にあるといってよいが、少なくとも当面の「白波」の意味をこのような方向で解するのは、見当はずれも甚だしいというべきだろう。彼をかりに〝住居不法侵入〟の罪で糾弾してみたところで、それが「白波谷」の「盗賊」とどこでどう結びつくのか、私にはさっぱり理解できない。彼はただおとなしく垣間見をしていただけなのであって、窃盗も強盗もいっさい働いてはいないのだから、「白浪は盗人のことをもいふので、今は盗人のやうに忍び込んでゐるから、自ら白浪といつた」（『新註』・頭註）だとか、「少将はしのびこんでいるので自分を盗賊にたとえた」（『全釈』・注）だなんて、常識ではとうてい考えられないことだ。いやいや君、この「白波」はねえ、少将が将来姫君を盗み出すことを暗示しているんだよ、などという深遠な読みがどこからか提起されないともかぎらないが、それは究極の屁理屈というものだろう。

確かに、和歌において「白波」の語を「盗賊」の意に用いた例は院政期以降散見されるのだけれども、同じ『俊頼髄脳』に見える、

故帥大納言の母、高倉の尼上と聞えし人のもとに、三河の守なりける人の、小さき和布を奉りたりけるを、前に立てられたりける置物の厨子に置きて、「めづらしきものなり」とて、取りも散らさざりけるが、ほどもなく少なく見えければ、あやしがりて、置きたりけ

る人の、きびしく尋ね沙汰しけるに、女房の、近づき寄りたりけるを疑ひて、尋ねけるを聞きて、尼上、

うらなくて磯の海松布は刈りもせよいさかひをさへ拾ふべしやは

返し、負ひける女房の奉りける、

めに近く沖つ白波かからずは立ち寄る名をも取らずやあらまし　（同・八一頁）

という挿話中の歌をはじめ、

不偸盗戒

・うき草のひと葉なりとも磯隠れ思ひなかけそ沖つ白波　（『新古今集』釈教・一九六二／寂然）

・検非違使に侍りける時、過状のまつりごとに参りて、囚を問ひて、心のうちに思ひつづけける

よるよるはいかなるかたに通ふぞと問へば答ふる沖つ白波　（『続後撰集』雑中・一一五四／中原友景）

為煩悩賊

・浦に住む海人の濡衣干しわびぬさのみなかけそ沖つ白波

五戒歌とて人のすすめ侍りし中に、不偸盗戒の心を

（『玉葉集』釈教・二七〇九／蓮生法師）

・わたつ海の深き報ひを知るならば思ひ立ためや沖つ白波

（『新葉集』釈教・六三〇／宗良親王）

のごとく、それらは窃盗、賊、偸盗等のありのままの比喩にしかなりえなかったわけであるし、さらに、こうした「白波」の多くが、例の「風吹けば」歌の第二句そのままに、実際には「沖つ白波」の単位で機能していたこともまた無視できない事実だといえよう。通説の非なることは、このとおりあまりにも明白なのであって、われわれはまず、これを完全に棄却するところから出発しなければならない。

二

正しくは、といえば少々口はばったいが、少将の一首における「白波」およびその縁語のもつ意味は、第一に、次に列挙する歌々の場合に同じだとみる必要がある。

（三条の女御、瞿麦合し給ふに）

①瞿麦の花の影見る川波はいづれのかたに心寄すらむ

（『中務集』一一九／「天暦十年五月二十九日宣耀殿御息所芳子瞿麦合」一）

（貝をかしかりし浜に下りゐて、女房の、をかしき貝を合はすとて、「右方に詠め」といひしかば）

②かひなしと見ゆるかたには白波の寄るべなげにも見えわたるかな

（『高遠集』二一二）

東三条殿におはしますころ、「殿上人の参り給はぬひまにだに、御局に参りてつれづれなぐさめむ」とて、宮司どもの来て、ものいひいひのはてに、資良、高房がいふ。「宮司のかたちよき宮よ」といひて、「されども、われ勝りたり」と争ひて、「これ定めさせ給へ」といふを、「今、人々に語り、方分きてこそ」などいひて、このことを人々に夜居のつれづれに語れば、筑前、式部の命婦など、「高房は勝る」とあるに、資良が方に寄りて、かたみに争ひ笑ひて、夜更くるまでいひ明して、やがて、皆御前に寝たるつとめて、誰か語りけむ、「筑前はとく下りて下に」と聞きて、いひかはしけるも知らぬに、下りたれば、資良、「筑前のもとに、かくなむいひつかはしたりつる」と、「訪ひにつかはせ」とて語る

③なつかしきかたには寄らで白波の荒磯をのみ好むめるかな

返し、また返しなどありき。今思ひ出でて書かむ

④荒磯の潮干のかたの方人は同じ波にやさはなりにける

かかることを聞きて、この

⑤荒磯は波の音さへうとまれてかかるみくづもみぎはにぞ寄る　（『四条宮下野集』三七〜三九）

「斎院の歌合あるべし」とて、大殿の中将の御消息にて、「左の頭にてなむ」とある、

わが方にを」とあれば

⑥いふかひはなき身なりとも浦風に心を寄せむ沖つ白波　（『周防内侍集』六三）

合はせてのまたの朝に、好古の宰相、衛門督に奉りたる

⑦白波の立ち寄るかたの方人は勝つによりてや心ゆくらむ

返し、朝忠の宰相

⑧もろともに心を寄する白波のそこのかひある心地こそすれ

これを見て、典侍

⑨みぎはより立ちまさりにし白波の君がかた寄るかひもあるかな　（「天徳四年三月三十日内裏歌合」四一〜四三）

また、弁の更衣につかはす

⑩吹く風に寄るべさだめぬ白波はいづれのかたへ心寄せまし

御返し

⑪さだめなき心なりとも白波の寄りてはいかがあるとこそ見め
（同四六～四七）

⑫（題　石名取）左
いとどしくみぎはまさりて見ゆるかな荒磯波も心寄すれば
（「某年一条大納言為光石名取歌合」一一）

⑬「典侍安芸、右に寄りたり」とて、帰りてのち、左の方人
うらめしと思ふものから白波のかへるなごりはなほぞ恋しき

返し、典侍安芸
⑭今さらに寄りも寄らずも白波のあはあはしくもうらむなるかな
（「永長元年五月三日左兵衛佐師時歌合」三一～三二）

ご覧のとおり、⑥、⑦～⑪、⑬～⑭は「歌合」に、①は「瞿麦合」に、②は即興の「貝合」に、③～⑤は「宮司合」とでも形容すべき男くらべに、⑫は「石名取」のおそらくは「石合」に、それぞれ関係する歌である。各歌の内容に立ち入ってみると、①の中務の歌は、この撰歌合時に詠進された作ではあるけれども、一番左の位置に配されていること、また一首の趣からしても、「勝敗の行方やいかに」という開会宣言、いわば本格的な競技に入る前の儀礼的な挨拶歌の色彩が濃厚である。②は、この時に詠まれた三首の歌のうち先立つ二首を省略しての引

用だが、詞書にいう「右方に詠め」とは、右方に「対して」ではなく、「加担して」歌を詠めというほどの意味であろうから、高藤は右方の女房から援護を頼まれ、その方人の立場に立って「勝ち目のなさそうな左方には、見渡すところ頼もしい助っ人もいないご様子で」と、とどめの一首を詠じたことになる。つづく③〜⑤の三首は、つれづれを慰める座興の一夜が明けてのちに詠まれたもので、④の歌がやや解き難いのだけれど、これは、藤原資良が下野に対して「高房贔屓の連中ばかりが屯する所で、さては私の味方であるはずのあなたまでもが流されて周囲に同調してしまったのですか」と、問い糾した歌だと解するのがよい。⑤の歌で下野は、「高房方（＝左方）の人々は趣味が悪いうえにがちゃがちゃとうるさくて嫌気がさします。たとえ微力な私でありましても、変心などせずにずっと右方のあなたに心を寄せているのですよ」と、嫌疑を晴らすべく応じたのである。⑥は、永長元年の夏、白河天皇の第三皇女令子内親王が開催を予定した歌合を控えて、「大殿の中将」＝藤原忠教からぜひとも左方の方人にとの要請を受けた周防内侍が、請われるままにこれを承諾した歌。そして⑦〜⑨、⑩〜⑪は、ともに有名な「天徳四年内裏歌合」（十巻本）に付随する歌で、前三首は、この盛大な行事の翌朝、勝利を収めた左方の詠進歌人橘（「小野」が正しいといわれる）好古と藤原朝忠とが気分よくやりとりした歌、および当日左の方人だった典侍藤原灌子らが彼らを労った歌であり、かたや後二首は、歌合を前に詠み交された、村上天皇と右の方人の頭弁の更衣との贈答歌である。⑫は、現存本文に錯誤が疑われる同「石名取歌合」のしんがりに置かれた作で、「左」とあるものの、内実は明らかに右方の応援歌。最後の⑬〜⑭は、同歌合終了後、郁芳門院安芸（廿巻本原文「すけあきら」。藤原家定の男「輔明」とも）が右方の陣営についたのを恨めしく思った左の方人と安芸との応酬。以上を要するに、どれもが「歌合」または「物合」と密接不可分である点、しかしながら、①や⑫も含めて、そのどれもが「歌合」の正味には影響しない、あるいは本体の枠外に位置する点において、これらの歌は共通の性格を有していることが判明したものと思う。（注2）

では、そうした中で焦点の「白波」（ただし、①は「川波」、④⑤は「波」、⑫は「荒磯波」）が担っている意味は何であったかといえば、おおむね、左右いずれかの陣営に味方する、ないしは味方する可能性のある存在、すなわち広義の〝方人〟およびその予備軍を指したと考えて大過あるまい。そして、「白波」が「寄る」、「心（を）寄す」と詠むことは、歌人または応援団の一員として、そちらの「潟」ならぬ「方」を実際に助勢する決意の表明にほかならなかったわけだ。とするならば当然、『貝あはせ』の例の一首も、まずはこのような側面から捉え直されねばならないだろう。「盗賊」などとはもってのほか、少将の詠歌は、「歌合」または「物合」に密着した先の歌々同様、翌日この邸で催される「貝合」を競技として強く意識したものであり、どちらかに加勢する用意のある第三者＝「白波」に自らを準え、「君がかたには心寄せてむ」と詠むことで継子の姫君方の〝方人〟となる意志を表明したのだ、というように。

三

それだけでは、ない。というよりも、ここからがいよいよ本題だ。なぜなら、この歌の「白波」には、そこを足がかりにして以下の論を展開可能とする、もう一つの、しかも重大な意味が込められていると考えられるからである。

それは、山岸徳平氏が件の「白波」について、

海の白波と、忍びこんで居る、見ず知らずの人の意を兼ねた。観音が、白波の間から白馬となって出現する事は、宇津保物語の俊蔭巻にも、石山寺縁起にも出て居る。ここは、観音に関係のあるためにも、白波と言ったかと思う。別に盗賊の事をも、後漢の張角たちの故事から、白波と言う。法隆寺の阿弥陀如来の光背の銘の中にも、「右ハ去ル承徳年中、白波、金堂ニ入リテ仏像ヲ侵シ……」(原漢文)なども見える。緑林と白波とは、盗賊の義に昔から用いられて居た。その白波によって、「忍びこんでかくれて居る」の意にも、なって居ると見える。

(『全註解』・語釈語法)

と述べた中で、私に傍線を付した部分の指摘に大きく関わる問題なのだ。このごった煮のような説明全体の基調は、やはり「盗賊」説にあるとみてよいのだけれども、傍線箇所に披瀝された見解は異色ながら実に示唆的だったといわねばならない。以後、この山岸説に言及する注釈書は多いが、いずれも「盗賊」説の呪縛を免れえず、全面的な賛意を表するに至らなかったのはたいへん残念なことであった。「白波」はまた、「水」のイメージを媒介として観世音菩薩の示現とも深い繋がりをもつ表現だったのである。

『全註解』が挙げる二つの具体例のうち、『うつほ物語』俊蔭巻のそれは、開巻間もなく、渡唐に失敗し「波斯国」に漂着した俊蔭を語る、

その国の渚に打ち寄せられて、たよりなく悲しきに、涙を流して、「七歳より俊蔭が仕うまつる本尊、現はれ給へ」と、観音の本誓を念じ奉るに、鳥獣だに見えぬ渚に、鞍置きたる青き馬出で来て、踊り歩きていななく。俊蔭七度伏し拝むに、「馬走り寄る」と思ふほどに、ふと首に乗せて、飛びに飛びて、清く涼しき林の栴檀の蔭に、虎の皮を敷きて、三人の人並びゐて、琴を弾き遊ぶ所に下ろし置きて、馬は失せぬ。(『うつほ物語 全』・一〇頁)

という箇所であり、『石山寺縁起』のそれは、

正応のころ、白河の辺に貧しき尼ありけり。下人眷属も皆逃げ失せて、ただ十八になりける女子ばかり、身にしたがふ者にてありけるが、かの女子、ひとへに仏神の御助けを頼みて、ここかしこに詣でて母のありさまを祈りありきけるほどに、ある人の物語に、「石山の観音こそ、『よろづの神仏の御恵みに漏れむ人を助けむ』といふ御誓ひはあるなれ」といふを聞きて、当寺に詣でて祈り申しけれども、そのしるしもなかりければ、母を助けむために、大津の浦に行きて身を売りてけり。その代りを母のもとにつかはして、さまざまあり経べき世のわたらひなど教へ置きて、すなはち買ひたる人に具して、打出の浜より船に乗りて、知らぬ波路に漕ぎ出でけるほどに、にはかに風はげしく波荒れて、乗りたる船、波に沈みけるに、この女、一筋に観音の悲願を念じて、船の帆柱に取りつきて水の上に漂ひありきけるほどに、白馬一匹波に引かれて近く寄りたるに取りつきて、さまざまにして汀に上りぬ。見る人、不思議の思ひをなして事のゆゑを問ふに、しかじかのよしを語りければ、浦人も孝養の志深くして利生あらたかなりけることを感じて、母のもとに送りつけぬ。買ひ取りつる主はすでに水に沈みければ、今は主といふ者もなかりけるほどに、思ひのほかにたよりよきたより出で来て、楽しき者の妻になりて母を養ひ、一期富み栄えたる者になりて、人にもうらやまれけるとなむ。

（続群書類従第二十八輯上・一一六頁上～下）

という話。「鳥獣だに見えぬ渚」に忽然と現れて俊蔭を導いた「青き馬」も、「水の上」を漂流する女に「波に引かれて」近づいて来た「白馬」も、正体はともに観世音菩薩である。これに類する、すなわち、何らかのかたちで「水」に縁のある観音霊験譚を、さらにいくつか拾い出しておくならば、

①行善騒ギ迷テ逃ゲ行ケルニ、大ナル河有リ。其ノ辺ニ至テ、河ヲ渡ラムト為ルニ、河深クシテ、歩ニテ渡ル事不能ズ。「此レハ船ニ乗テ渡ラム」ト思テ、船ヲ求ルニ、船モ皆隠シテケリバ無シ。橋有ト云ヘドモ、皆破リテケリバ可渡キ様無シ。而ル間、「人カ追テ来ラムズラム」ト思フニ、更ニ物不思エズ。然レバ、行善可為キ方無キニ依テ、破レタル橋ノ上ニ居テ、只観音ヲ念ジ奉ル間、忽ニ老タル翁、船ヲ指テ、河ノ中ヨリ出来テ、行善ニ告テ云ク、「速ニ此船ニ乗テ可渡シ」ト。行善喜テ、船ニ乗テ渡ヌ。即□下テ、陸ニテ見ルニ、翁モ不見エズ、船モ無シ。然レバ、行善、「此レ、観音ノ助ケ給フ也ケリ」ト思テ、礼拝シテ願ヲ発ス。

（『今昔物語集』巻第十六・僧行善依観音助従震旦帰来語第一／日本古典文学全集②・一七七～一七八頁）

②鷹取ハ巣ノ傍ニ居テ、籠ヲ待テ昇ラムトシテ、今ヤ下ス下スト待ニ、籠ヲ不下シテ日来ヲ

経ヌ。狭シテ少シ窪メル巌ニ居テ、塵許モ身ヲ動サバ、遙ニ海ニ落入ナムトス。然レバ、只死ナム事ヲ待テ有ルニ、年来此ク罪ヲ造ルト云ヘドモ、毎月十八日ニ、精進ニシテ、観音品ヲ読奉ケリ。爰ニ思ハク、「（中略）願クハ大悲観音、年来持奉ルニ依テ、此ノ世ハ今ハ此クテ止ミヌ、後生ニ三途ニ不堕ズシテ、必ズ浄土ニ迎ヘ給ヘ」ト念ズル程ニ、大ナル毒蛇、目ハ鋺ノ如クニシテ、舌嘗ヲシテ、大海ヨリ出デ、、巌ノ喬ヨリ昇リ来テ、鷹取ヲ呑マムトス。鷹取ノ思ハク、「我レ蛇ノ為ニ被呑レムヨリハ、海ニ落入テ死ナム」ト思テ、刀ヲ抜テ、蛇ノ我ニ懸ル頭ニ突キ立ツ。蛇驚テ昇ルニ、鷹取蛇ニ乗テ、自然ラ岸ノ上ニ昇ヌ。其ノ後、蛇掻キ消ツ様ニ失ヌ。爰ニ知ヌ、「観音ノ蛇ト変ジテ、我ヲ助ケ給フ也ケリ」ト知テ、泣々ク礼拝シテ家ニ返ル。（同・陸奥国鷹取男依観音助存命語第六／同・一九七〜一九九頁）

③源二ハ、海ニシテ胡録ヲ枕ニシテ、不沈ズシテ仰ケ様ニ臥タリケルニ、「枕上ニ人ノ居タル」ト思エケリ。東西モ不思エズ、只夢ノ様ニテ漂ヨヒ行ケル程ニ、忽ニ二尋許ノ柱ノ様ナル木寄リ合ニケリ。其ニ係リ有ル程ニ、塩モ漸ク返リ、夜モ漸ク曉ヌ。而ル間、此ノ枕上ニ有ツル人ハ失ヌ。返ル塩ニ被引テ陸ノ方ヘ漸ク行ニ、陸ナル人々、（中略）「源二也ケリ」ト見テ、馬ノ差縄ヲ結テ投遣タレバ、其ヲ捕ヘテ、絡リ付テ上リ来ル。此レヲ見ル人、奇異ナル事無限シ。中々ニ、上テ後死入タルヲ、口ニ水ヲ入テ火ニ炮ナドシテ、生出タルニ、海ノ間ヒダノ事共ヲ語ケリ。髻ニ小キ観音ヲゾ付奉ケル、「枕ノ上ナリツル人ハ、然

ハ此ノ観音ノ在シケル」ト思フニ、貴ク悲キ事無限シ。此ノ源二ハ、毎月ノ十八日持斎シテ、観音ヲゾ念ジ奉ケル。亦、為ル勤無カリケリ。我レ偏ニ観音ノ助ケニ依テ命ヲ生ヌル事ヲ泣々喜テ、五体ヲ地ニ投テ、涙ヲ流シテ悲ビケリ。

（同・錯入海人依観音助存命語第二十四／同・二八〇～二八一頁）

④其ノ後、父母彼ノ沙門ノ為ニレ報ンガ二恩徳ヲ一姫ヲモ具シテ尋テ到ルニ二紀州ニ一、或ハ峻々タル上リ二翠気ニ一、或ハ鬱々タル下ル二洞底ニ一。其ノ言ノ葉ヲ便トシテ風市ノ森粉河ハ何クゾト尋ドモ、更ニ知タル人ナシ。遙ニ入ル二森々タル山林ニ一。人跡絶テ雲衢ニ迷ヘリ。山河流レ出テ松風冷々タル所ニ、老翁ノ手ニ普門品ヲ持セルニ忽然トシテ行合ヒヌ。長者近付テ、風市ノ森ヲ問フニ、答テ云ハク、「此ノ松原コソ可世為智ノ森ト中セ」トテ、行方不レ知去ケリ。長者余ニ尋ネカネテ、天ヲ仰テ云、

ハヤタツノ此ノ河浪モ記シ有レヤ松ハコタフル風市ノ森

ト詠ジテ立タリケルニ、彼ノ河水俄ニ色変ゼリ。非二白浪ニハ一礱牙ノ米ノ粉流レ出タリ。サテハ此ノ河上ニ人栖ミケリト思ヒツツ、水上遙ニ尋行ニ、大悲千手観世音奇巌ノ上ニ妙相巍々トシテ霊光赫々タリ。彼ノシルシノサゲ鞘ヲ懸玉フ上ハ敢テ無レ疑ヒ。驚駭差歎シテ尊重シ恭敬ス。姫ガ悪瘡御面像ノ傍ニ少残レリ。誠ニ大悲代受苦誓ニ無レ謬ト信心ヲ致シ、随喜ノ泪ダ袖ニ余リケリ。

（『三国伝記』巻第二・第三粉河観音本縁事／『中世の文学』上・一一〇～一一一頁）

⑤官首只ダ一人、何チトモナク〔行カルルニ任セテ〕游ギ行。〔水ハ何クノ〕限モナク、力ハ

〔已《ニ》〕尽ナントスル。今ゾ溺死《ヌル》ト心細《ク》悲ケレドモ、カコツベキ方モナシ。唯《ダ》観音信仰《ノ》者也ケレバ、「南無大悲観世音菩薩」ト一心ニ称名《シ》、何《カ》ナル〔罪《ノ》〕報ニ斯《ル》目ヲ見《ル》覧ト、思ハヌ事ナク行《ク》程ニ、白浪ノ中ニ聊《カ》黒ク見《ヘ》タル所〔ノ有ル〕ヲ、若《シ》地ナルニヤト、〔カラウジテ〕游《ギ》付タレバ、流《レ》残リタル葦《ノ》所々ニ穂末ノ有ケルニ取付テ、暫力ヲ休《ン》ト思《フ》処ニ、〔大〕水ニ流《レ》行《ク》大小《ノ》蛇共、此《ノ》葦ニ〔纔《ニ》〕流《レ》カカツテ、次第《ニ》鎖《リ》連リツツ、イクラ共ナク盤ケルガ、物ノサハルヲ悦《ン》デ巻《キ》ツキタルヲサグリケン心《ノ》中、タトヱン方モナシ。空《ハ》墨ヲ磨タルガ如《ク》星一モ不レ見、地ハサナガラ白浪ニテ少《シ》ノ浅ミダニモアラズ。身ニハ無レ隙蛇巻付《キ》、身重《ク》、動《ク》ベキ力ナシ。生タル思モセザリケレバ、是ヤ地獄ノ苦患ナル覧ト〔夢ヲ見ル〕思〔ヒシ〕テ、弥持尊ヲ念ジ奉《ル》。

(同巻七・第三十武州入間川《ノ》官首道心《ノ》事／同下・七一〜七二頁)

⑥何ノ御門ノ御時ニカ、唐へ船ヲ被レ渡ケルニ、悪風ニ被《テ》レ放、イヅチトモナク行キケリ。多クノ日数ヲ経テ、アル島ニフキツケラレタリ。地ニ付タル事ヲ悦テ、船中ノ物《ノ》ドモ、「命《チ》バカリハイキヌベキニコソ」ト思ヒアヘリケルホドニ、少々船ヨリヲリテ世間ヲ見マワスニ、大方人ノ住メル気色ナシ。カクテ且クアリテ、タケ八尺バカリナル浪ノ上ヘニ日数経テ、呑ム水皆《ナ》ツキテ喉《ド》カワキ死ヌベキホドニ成タル、観音ヲ念ジタテマツル時《キ》、大海ノ中ニ、スミ〲トアル水ノ河ノ様ニ流ルヲクミテ呑ミツ、、命ヲタスカル事侍リケ

リ。大悲方便ヨリ出タル水ヲ呑ミケム輩カラ、二世ノ願定テ空シカラジト、タノモシクゾ侍リケル。

（『観音利益集』・第十八唐船観音／古典文庫・一七五～一七六頁）

などがある。①は、高麗に留学した僧行善が折しも同国の滅亡に遭って避難する最中、大河に阻まれて進退きわまったところを、観音の権現である老翁が「船ヲ指テ、河ノ中ヨリ出来テ」危難を免れたという話であって、『日本霊異記』上巻第六話を出典とし、『扶桑略記』『元亨釈書』にも見えている。②は『大日本法華経験記』下巻第百十一話に拠るもので、年来観音の縁日に持戒していた陸奥国の鷹取が、ある日隣家の男の裏切りによって断崖絶壁に取り残され、もはやこれまでとばかりに観音を念じると、大蛇が「大海ヨリ出デ」来て鷹取の命を救う結果になったという話だが、その後、自らが蛇の頭に突き立てた刀が毎月読誦してきた「観音品」の巻軸に刺さっているのを見た彼は、「観音品ノ蛇ト成テ、我ヲ助ケ給ヒケル」ことを悟り、「忽ニ道心ヲ発シテ」法師となったのであった。③は、下野守の郎等「源二」が上京の途次、駿河国の「大河」に転落して遙か「海」の沖合に流されたが、観音の持斎者であったがために髻に付けていた小さな観音像の加護によって一命を取り止めた話。④は、河内国の「長者」佐大夫夫妻が、一人娘の「悪瘡」を癒してくれた「沙門」の恩に報いようとして、彼の住所「風市ノ森粉河」を娘とともに尋ね、難渋した末に「山河流レ出テ松風冷々タル所」＝「可世為智ノ森」

に到り、その「山河」の遙か「水上」で「大悲千手観世音」菩薩に出会ったという話。『発心集』巻第四第九話を原拠とする⑤は、武蔵国入間川河畔の村が大洪水に見舞われ、堤防の決壊によって家もろとも奔流に押し流された「官首」が、溺死の危機に瀕して「南無大悲観世音菩薩」と一心に唱え、「冥助ノ有ケルニヤ、思ノ外ニ浅キ処ニ游ギ付」いて助かったという話。そして⑥は、暴風のために無人島に吹き寄せられた遣唐船の乗組員が、喉の渇きに耐えかねて観音を念じたところ、突如「大海ノ中ニ、スミ〳〵トアル水」が「河ノ様ニ流」れて来て彼らの渇きを癒し、九死に一生を得たことを伝えている。

観音はそもそも、「水」ときわめて深い関わりをもつ菩薩であって、たとえば『補陀洛山建立修業日記』の「同（＝延暦三年四）月、到《ルニ》二西湖《ニ》一、於《リ》二海中《ニ》一現《ハル》二金色《ノ》千手観音一。其ノ長ハ八尺有余、威徳魏々《トシテ》相好円満《タリ》。坐《シテ》二青蓮《ニ》一放《チ》二大光明《ヲ》一、忽然《トシテ》入《ル》二海中《ニ》一矣。」（続群書類従第二十八輯上・一二三〇頁下）という記事からも知られるように、時としてそれは、生身の姿を水中より現すことさえあった。また、わが国では、『華厳経』が観世音菩薩の住所と説く補陀落山、その霊場に擬せられた熊野那智の遠く南海上に観音浄土があると信じられ、平安初期から江戸時代にかけて多くの渡海者を生んだことはよく知られている。こうした背景を思えばなおのこと、少将の歌の「白波」は、いわば「海」や「河」の縁語として、「水」を媒体にこの種の観音霊験譚に連なることばでもあったと、そう理解する必要があるといえよう。

作中人物としての蔵人少将が、自らの意志で観世音菩薩を演じたこと自体は、彼が「いと細き声にて」歌を詠んだという一点からしてすでに自明であり、そのことは一見、これまで述べてきたような「かひなしと」歌の深層に分け入る努力を、読者にことさら要求していないかに見える。けれども、物語の仕掛け、ないし書き手の意図は決してそれを許してはいなかったのだ。この一首が、「白波」の語を中心として「貝合」の「方人」宣言に仕立てられていると同時に、「水」に因む観音霊験譚とも密接に結びつくよう用意周到に作られていることを、われわれは見落すべきではない。そして、その暁にはじめて見えてくるのが、人間の男から観音の化身へと転移させられる少将の、作中における位相の変化なのである。つまり、それまではあくまで色好みの貴公子として継子の姫君との性的交渉に可能性を残していたその男、ただ単に観音になりすましたつもりでいた蔵人少将は、この時を境に、もとより当人の意識とは無関係なところで、姫君方の救済に無償の尽力を惜しまぬ存在＝観音の化身〝蔵人少将〟へと、作者の手によって巧妙にすり替えられてしまったといえるわけだ。「幼き子を頼みて、見もつけられたらば、よしなかるべきわざぞかし」（下・七五頁八行～七六頁二行）「ありつる童やいひ出でむ」と垣間見の当初から持続していた少将の不安が、童たちが立ち去った直後の「ようなきことをいひて、このわたりをや見あらはさむ」（下・八五頁六行～七行）を最後に語られなくなるのも、単なる偶然ではあるまい。さらに、観音の化身として夜を徹して立ち働いた彼が、支援の

洲浜に結びつけた作中三首目の歌、

白波に心を寄せて立ち寄らばかひなきならぬ心寄せなむ(注3)

には、観音を信じて帰依するならばこのとおり「かひ」があるのだから、これを篤く信仰せよとのメッセージまでもが図らずも託されていたのではなかったか。

このことは、『貝あはせ』という短篇物語の本質に肉薄するためのきわめて大事なポイントなのであり、少将の二首目の歌の分析をとおして得られた以上の結論を、まずはしっかりとわきまえておきたいと思う。

四

観音の化身、〝蔵人少将〟となった男。――しかし、これではまだ半分が解決したに過ぎない。加えてもう一つ、ぜひとも考えに入れておかなければならないことがある。それは、観世音菩薩がもとから潜在的に秘めもっている母性の問題である。観音はそのサンスクリット名アバロキティシュバラからして紛れもない男性であるが、髭を蓄えた観音像の姿態はたいそう艶かしく、むしろ女性的な印象を与えずにはおかない。それもそのはずで、「観音の起源」については、これを「『リグ・ヴェーダ』に出てくる三十三神の一つで天界に住むというヴィシュヌ神に求める説」や、「月の女神、水と豊穣の女神」である「イランのアナーヒター女神」が「ガンダーラ地方に受容され、クシャン王朝の下で女神ナナイアあるいはアルドフショーになり、この女性神格が観音の原形になったと推定する」説などがあり、「観音が女性的要素を色濃く含んでいるのは、その起源に地母神的女性神の影響」があったからだと考えられているのだ。さらに、真言六観音の一つに数えられる准胝観音に至っては、「サンスクリットのチュンディの音写」で「心性清浄を称える女性名詞であり、母性を象徴するといわれ、准胝仏母・七倶胝仏母などともよばれる」という。(注4) だとすれば、『貝あはせ』の〝蔵人少将〟の上にも、観音の具有するこのような女性性あるいは母性を重ねあわせてみることで、新たな読みの地平が拓けてくる可能性があるのではなかろうか。

そこで、この問題を考究するに際してたいへん豊かな示唆を与えてくれる論考が、すでにあることに触れておかねばなるまい。森正人「説話の変奏と創作——龍蛇・観音・母性——」(注5)がそれである。同論の論点は多彩だが、さしあたっては「実母の亡魂」と題された第「四」節。森氏はその中で、観音の「いくつかの霊験譚」の検討「を通して援助者＝観音、援助者＝実母の関係が成り立ちうるとすれば」、三段論法的に「観音＝実母の関係が導き出されること」を指摘し、「継子の援助者としての観音と実母と」が「不可分の関係として語られる」、すなわち「母の遺志と観音の意志と」が「別物でない」ケースとしてお伽草子の『うばかは』と『鉢かづき』に、また、「観音の援助」が「はやくから故母の加護と結びつけて受け取られたとみてよい」ケースとして『落窪の草子』および『住吉物語』に言及したのち、『貝あはせ』について次のような見解を開示している。

堤中納言物語の《貝合》は、継子いじめ譚および観音霊験譚のもどきとみなされる短編物語であるが、そこには、我が仕える継子の姫を貝合わせに勝たせようと、女童たちが観音に祈請するところを、主人公がかいま見する場面がある。

このありつるやうなるわらは、三四人ばかりつれて、「わが母の常に読み給ひし観音経、わが御前負けさせ奉り給ふな」。只このゐたる戸のもとにしも向きて念じあへる顔をかしけれど、

念ずる言葉に「給ひし」と過去の助動詞が用いられるところから、女童の母は亡き人であることが知られる。姫と同様、継子いじめに遇っているのかもしれない。故母の加護と観音の救済とが結びつけられている。これをかいま見ていた少将は、

かひなしとなに嘆くらむ白波も君がかたには心よせてむ

と歌を詠みかける。女童たちは、観音の示現と大騒ぎし、暁にひそかに少将から届けられた貝をみつけて仏の助けと、また喜び騒ぐのである。こうした語り方は、継子いじめ譚においても観音の援助がすでに類型的なものとなっていたことを示す。

叙述の細部に疑義を挟む余地はあるけれども、それはほんの瑕瑾に過ぎない。要諦を突いた鋭い読みには、大筋において従うべきであろう。ことに注意しなければならないのは、「ありつるやうなる童」が念じた「観音経」が「わが母の常に読み給ひし」経典であったというその語られ方だ。ここで、「読み給ふ」ではなく「読み給ひし」と、いわゆる過去の助動詞が用いられていることの意味は重い。「姫と同様、継子いじめに遇っている」かどうかはともかく、「読み給ひし」と表現されることによって、このことばを発した女童の母がすでに故人であった事情が明確になり、森氏のいうとおり、ここに「故母の加護」＝「観音の救済」という図式がはっきりと浮かび上がる結果になるからである。

ちなみに今、この図式を踏襲する説話を『今昔物語集』に求めておくならば、巻第十六の「越前国敦賀女蒙観音利益語第七」および「殖槻寺観音助貧女給語第八」が挙げられよう。ともに、父母を相次いで失い天涯孤独となった娘が、観音の利益によって窮地を救われ幸せな結婚を果たすという霊験譚（注6）なのだが、観音がその身を変じたのは、それぞれ「祖ノ仕ヒシ女ノ娘、世ニ有トハ聞キ渡ケレドモ、来ル事ハ無キ」女（日本古典文学全集②・二〇四頁）であり、裕福な「隣家ノ使ノ女」（同・二一四頁）であった。前者の、

其ノ後、女ニ云ク、「此ハ何ニ、『我ガ祖ノ生返テ御シタルナムメリ』トナム思フ。恥ヲ隠シツルカナ」ト云テ泣ケバ、此ノ女モ打泣テ云ク、「年来モ『何デ御マスラム』ト思ヒ乍ラ、世ノ中ヲ過シ候フ者ハ心ノ暇無キ様ニテ過ギ候ヒツルヲ、今日シモ参リ合テ何デカ愚ニハ思ヒ奉ラム。（下略）」

（同・二〇五頁）

といったくだりが象徴するように、この「女」たちは観世音菩薩の応身であると同時に、彼女らの亡き「母」の化生でもあったのだ。

ところで、「わが母の」と唱えた女童が、少将を「西の妻戸に、屏風押したたみ寄せたる所に据ゑ置」（下・七五頁六行〜七行）いた、あの「八九ばかりなる女子」（下・七一頁四行）であったとするならば、[注7]先に彼女が、「その姫君たちのうちとけ給ひたらむ、格子のはざまなどにて見せ給へ」（下・七四頁四行〜六行）という少将の頼みに対して、

人に語り給はば。母もこそのたまへ。

（下・七四頁六行〜七行）

と答えたその内容と矛盾を来し、問題が生じることになる。「母もこそのたまへ」を、「わたしは、母に叱られるかも知れません」（佐伯・藤森『新釈』・通釈）、「（ぐあいがわるいことに）母がきっと（文句を）おっしゃいます」（『全釈』・訳）、「母もつね〴〵男を案内してはいけないとおつしゃいますから」（『注釈的研究』・通釈）等々どのように訳そうとも、こう表現する以上、彼女の「母」は現に生きていると考えざるをえないからだ（まさか「亡き母があの世から注意なさると困ります」などと解釈する者はあるまい）。「観音経」に祈願した女童と少将の存在をただ一人知っている「八九ばかりなる女子」とは別人である、と想定すればこの矛盾はとりあえず解消されるのだけれども、「母もこそのたまへ」がやや不明瞭ないいまわしであること（注8）と相俟って、私には、傍線を付した箇所に「は」文字が四つも連続している点がどうにも不審に思われてしかたがない。

ちなみに、今回参照した八本の字配りはすべて「はゝはゝ」（字母は、榊原本・三手文庫本が「八、波ゝ」、島原本・平瀬本が「八、者ゝ」、他の四本が「者、波ゝ」）である。一般論としてはもちろんありうることだが、今はこれを怪しむに足るのではないか。たとえば、元来は「はゝ人」とあったものが、転写の過程において「はゝ〳〵」→「はゝはゝ」に変化した、というように。それならば、女童の例の返答は、人に語り給はば。人もこそのたまへ。

だったことになり、「あなたが（姫君たちのご様子を）どなたかにお話しになったら（困ります）。その方が（さらに）噂をお広めになるかも知れませんし」というほどの意に解せて釈然としよう。この推定が正しいかどうかについてはもとより証明のしようもないが、いずれにせよ、ここで「母」の語が出てくるのはきわめて疑わしいと知るべきだろう。要するに、二人の女童が同一人物であったとすればむろんのこと、そうでなかったとしても、「八九ばかりなる女子」は母を失った身の上だったと考えられるのである。

さて、もしそうだとすれば、「念じあへる」という表現がさりげなく暗示するように、ことは一人二人の童に限られた問題ではなくなり、実母を亡くした姫君姉弟をとりまく子供たち全員が、実は等しく母のない境涯だったのではないか、という想像をすらかきたてずにはおかないだろう。いや、物語はおそらく、そのように書かれている。

洲浜、南の高欄に置かせて、はひ入りぬ。やをら見とほし給へば、ただ同じほどなるわらはべども、(注9)二十人ばかりさうぞきて、格子上げそそくめり。この洲浜を見つけて「あやしく、誰がしたるぞ、誰がしたるぞ」といへば、「さるべき人こそなけれ」「思ひ得つ。昨日の仏のし給へるなめり」「あはれにおはしけるかな」とよろこびさわぐさまの、いとものぐるほしければ、いとをかしくて見ゐ給へりとや。（下・八九頁六行～九〇頁八行）

一篇の終局。貝合の朝が来た。忽然と現れた豪奢な洲浜を発見し、観音の霊験と狂喜する女童たち。その光景を「をかし」と見護る〝蔵人少将〟の視線は、子供たちの亡母が彼岸から寄せる温かなまなざしといつしか同化を遂げていたのであった。

五

色好みの貴公子は、観音の化身へ、そしてついに、彼女たちを見護る亡き〝母〟の視線そのものへと変容した。もとより作者の計略だ。したがって、蔵人少将が「わづかに十三ばかりにやと見え」（下・七七頁二行）た継子の姫君と結ばれる、などという後日譚はもはや語られるべくもない。「観音霊験譚としての『貝あはせ』」とは、そういう作品なのである。と、総括めいたことを述べたところで、そろそろ潮時だろう。最後に、本論の論旨と絡めながら先行論文二篇に触れておしまいにしたい。

一つは、伊藤守幸「『貝あはせ』試論」(注10)。「垣間見という手法の特質を十分に生かすことによって、「貝あはせ」は、おとなの存在しない世界をおとなのまなざしによって捉えることに成功した」と評する同論は、「みやびな恋物語を予感させつつ静かに幕を開けた」この物語が「思いもかけない世界に逢着して閉じられることにな」るありさまを丹念に分析したものだが、今、本論との関連で注意しておきたいのは、伊藤氏が、「少将が姫君を垣間見る場面」を「色好みという性愛の世界と、性愛に関して無垢な状態にある子供の世界という二つの世界の接合面が、最もあからさまに露呈され」た一篇の「転回点」であると意義づけ、少将がこの時、継子の姫君に対して「心苦し」という「同苦的共感」を抱いたことを重視して、

可憐な姫君の悲しげな姿態を目にした少将が、まったく性愛的関心を示すことなく姫君の嘆きに同化してしまった瞬間に、作品世界は、色好みの物語から童心の物語へと決定的にねじ曲げられてしまったのである。

とした点。傾聴に値する見解ではあるが、「心苦し」とははたして、氏のいうように「性愛的ニュアンスを読み取ること」を拒絶することばだったと断定してよいのかどうか。そこで念のために、『堤中納言物語』中の他の六例に目をとおしておこう。

①おぼしまどひたるさま心苦しければ、「身のほど知らず、なめげにはよも御覧ぜられじ。ただ一声を」といひもやらず、涙のこぼるるさまぞ、さまよき人もなかりける。

（『逢坂越えぬ権中納言』／下・一一三頁三行～七行）

②昼などおのづから寝過ごし給ふ折、見奉り給ふに、いとあてにらうたく、うち見るより心苦しきさまし給へり。

（『思はぬ方にとまりする少将』／下・一二一頁六行～一二二頁一行）

③かへすがへす、ただ同じさまなる御心のうちどものみぞ、心苦しうとぞ、本にも侍る。

（同／下・一四七頁一行～三行）

④見れば、あてに児々しき人の、日ごろものを思ひければ、少し面痩せて、いとあはれげなり。うち恥しらひて、例のやうにものもいはでしめりたるを、心苦しう思へど

（『はいずみ』／下・一四頁二行～六行）

⑤「いとあはれ」と思へど、かしこには皆、「あしたに」と思ひためれば、のがるべうもなければ、心苦しう思ひ思ひ、馬引き出ださせて簀子に寄せたれば、「乗らむ」とて立ち出でたるを見れば、月のいと明き影に、ありさまいとささやかにて、髪はつややかにていとうつくしげにて、丈ばかりなり。

（同／下・二一頁一行～二二頁一行）

⑥この童、「いかにかかる所にはおはしまさむずる」といひて、「いと心苦し」と見ゐたり。

（同／下・二五頁六行～二六頁一行）

これらを見ると、形容詞「心苦し」が「性愛的ニュアンス」云々とはそもそも別次元の座標軸に置かれた語であることが再認識されよう。そのうえで、しいて「性愛的ニュアンス」の有無を弁別するなら、③⑥以外にはすべてであるといわねばなるまい。①②④⑤が男女間、③が作中人物と語り手間、⑥が主従間での用例であってみれば、これは当然の結果なのだ。そして、「わづかに十三ばかりにやと見え」たその姫君は、間違いなく少将の性愛の対象となりうる「女」だった。とすれば、伊藤氏のいう箇所をこの物語の「転回点」とするには早過ぎ、作品の仕組みとしては、女童たちが「観音経」を念じ少将が「かひなしと」の歌を詠じる、つまり、彼が観音の化身となったあの場面をもって「転回点」と認めるのが、より適切な理解だったといえよう。

さて、もう一つは、井上新子「『貝合』の〈メルヘン〉――〝無化〟される好色性――」(注11)で、こちらは、「蔵人少将の好色性」が「子供たちとの接触によって失われると考え」る従来の読みには再考の余地があるとして、「彼の発言や詠歌を」仔細に「検討すると」、そこには「終始好色性が揺曳しており、それが子供たちには観音と受け取られるといった構図が存する」ことを指摘する。要するに、主人公は一貫して好色者であったと主張する論なのだけれども、彼が詠んだ「白波」の歌二首について、「蔵人少将の好色性を内に秘めた歌としてとらえなおすこと

が可能である」とする論拠はその実はなはだ脆弱であり、本論の立場からも賛同はできない。ことに、

『貝合』の「白波に」の歌の第三句「立ち寄らば」の主語は通説では姫君となるのだが、恋歌の世界におけるこうした「白波」が「立ち寄る」という関係を考慮すると、主語を「白波」（つまり蔵人少将）とすることも不自然なことではないだろう。当該歌は、「私に愛情を寄せて、白波が立ち寄るように私があなたに立ち寄ったら、頼りがいのある心を寄せて欲しい」とも解されるのである。

と考えるのは無理だ。三首目の歌の文脈はあくまで「白波」に、「立ち寄る」という意味にしかなりえず、現行の本文を改めないかぎり、「「白波」が「立ち寄る」という関係」は成り立つべくもない。第三句で突如主語を転換させる解釈はやはり「不自然」なのである（注3参照）。井上論文で興味深いのはそれよりも、同論注(22)の後半で、

なお、題名の『貝合』は、問題にした「白波に心を寄せて」の歌の「かひなきならぬ心寄せなむ」に象徴される、蔵人少将の新しい恋への期待や子供たちの御利益への期待を勘案

するとともに「かひ（甲斐）」あることを願った、蔵人少将と子供たちとの「かひあはせ」という意味合いが込められているとみることもできよう。

と控えめに述べられた、むしろその点ではなかろうか。「蔵人少将の新しい恋」云々は措くとして、この物語の篇名『貝あはせ』には、『甲斐あはせ』の「意味合いが込められている」と私も確信するからだ。「観音霊験譚としての『貝あはせ』」にとって焦点となることばは、少女たちの『観音経』祈願によってもたらされた「甲斐」、すなわち効験にほかならない。ならば、『貝あはせ』は同時に『甲斐あはせ』を意味したと考えてよいだろう。さらにいえば、当時多くあった物合の中から作者がことさら「貝合」を取り上げたのも、こうした作意に沿うための必然的選択だったと思うのである。

注

（1）「歌妙に」は、諸本「かた人に」または「かたへに」とあるのを誤写とみて改めてある。詳しくは、拙稿「『貝あはせ』本文整定試案」（王朝物語研究会編『論集 源氏物語とその前後5』新典社、平六）参照。

（2）かつて、野村一三「堤中納言物語中八篇の作者について」（『平安文学研究』第四十輯、昭四三・

六）は、『貝あはせ』の二首目・三首目の歌と⑥の周防内侍歌とが「頗る酷似している」ことを根拠に、これは⑥の「□いふかひは」の歌を「貝合」の中に焼きなおして出しているのであり、したがって、その作者は周防内侍だと思う。作中にわずか三首の歌しかなく、そのうちの二首が周防内侍の歌の焼きなおしであり、引きのばしだとすれば、周防内侍自身でなければ、その面子も立つまい」と主張したが、両者が「酷似している」ことは述べたような背景の中で理解されるべき性質の問題であった。なお、この『貝あはせ』周防内侍作者説については、それがあまりに短絡的かつ楽天的な臆説であってみれば、あくまで「私は『貝合』を周防内侍の作としたい」という野村氏の個人的願望と受け止めておくよりほかはあるまい。

（3）この歌の下句については、「頼みがひのあるやうなお力添へをいたしませう。貝を集めてあげませう」（『全書』・頭註）、「甲斐（貝）がないではない心をよせてお力添えいたしましょう」（『大系』・頭注）、「無駄でなく、頼りがいのある心を、きっと姫君たちに寄せて、援助を致しましょう」（『全註解』・口訳）、「貝が揃わなくてかいがないということのないご援助をお寄せしましょう」（『対照』・現代語訳）などと、第四句「かひなきならぬ」を次の「心」に係る連体修飾句と考え、かつ「心寄せなむ」の「なむ」を完了（強意）の助動詞「ぬ」の未然形＋意志の助動詞「む」と解するのが通説となっているが、これは明らかな誤り。そうではなく、同歌は第四句で一旦切れ、しかも、結句の「なむ」はいわゆる〝誂え〟の終助詞だとみなければならない。別に、一首を「あなたがたはこの白浪（自分をたとえていう）に心をよせて、わたくしが立ちよったら、たちよりがいのある心をよせてほしい」（佐伯・藤森『新釈』・語釈文法）と解く異説があるけれど、これもまた誤りとせざるをえない。「なむ」の解釈こそ的確なものの、上句における不自然な文脈のねじ曲げ、および、下句の構造を通説同様「かひなきならぬ心」を「寄せなむ」と把握する考え方にはまったく従いかねるからだ。この歌は、「（あなた方が）〝白波〟に心を寄せて立ち寄るならば、（このとおり）かい（貝／甲斐）がないことはありませんよ。（だから〝白波〟に）心を寄せてほしいものです」と理解するのが正しい。第二句で「心を寄せ」る主体と結句で「心寄せ」るそれとは断じて別個のものではなく、また、「かひなきならぬ」のあとには「ぞ」が省略されている趣だといえばよかろうか。ただし、以上はあくまでも現行の本文を前提とした場合に成り立つ話であって、実のところ、同歌の初句「白波に」は「白波の」の誤写である可能性も十分にある（「乃」→「尓」）。なぜならば、「白波」が「心を寄せて立ち寄」るというのが和歌における通常の表現であるのに対して、「白波」に「心を寄せて立ち寄」るとは普通いわないからだ（このことは、少将自身の二首目の歌をはじめ、第二節で列挙した他の歌々に照らしても明らかだろう）。そうなると当然、一首の解釈もまたおのずから違ったものになってくるわけだが、しばらくは本文改訂に踏み切るのを自重し、とりあえず現在ある「白波に」の形を尊重しておくことにする。なお、『校本』に拠れば、土岐武治氏の分類する第二門第二類第一種本二本（いずれも尾崎雅嘉本）が「しらなみの」の本文を有している（一五〇頁）。

（4）以上、速水侑『観音・地蔵・不動』（講談社、平八）四二〜四三頁および五三頁。

（5）『説話の講座1 説話とは何か』（勉誠社、平三）。

（6）第七話は『宇治拾遺物語』のほか『古本説話集』『宝物集』に、また、第八話は『日本霊異記』をはじめ『観音利益集』『元亨釈書』に同話ないし類話が収められており、どちらも巷間に流布した話であったらしい。

（7）この問題はなお自明とはいえない。「このありつるやうなる童、三四人ばかりつれて」を「この、さいぜんの少女が、同じような少女三、四人ばかりをうち連れて」（『全集』・口語訳）と解する立場（ほかに『集成』）もあるが、「ありつるやうなる童」が「ありつる童」と同義でないのはもちろん、中古語の「連る」に「AがBを連れる」という他動詞的用法が認められるか否かは微妙だ。後文の「さいひがてら、おそろしくやありけむ、つれて入りぬ」に照らし合わせるならば、少なくともこの文脈における「連る」は、複数の女童が「連れ立って」の意を表すとみなければなるまい。したがって、ここは「（少将を隠した）さっきの（女の子の）ような女の子が、三四人ばかり連れ立って」（『全釈』・訳）、「このさきほどの（手引きした子の）ような（年格好の）童が、三四人ぐらい連れ立って」（『対照』・現代語訳）と解釈するのがいうまでもなく正しい。が、そのグループの中に例の女童が含まれていたのかどうか、また、「わが母の」と口に出した少女が彼女であったかどうかをそこから確定することはできない。すぐあとの「「ありつる童やいひ出でむ」と思ひゐたるに、立ち走りてあなたに往ぬ」についても事情は同じで、可能性としては、慌しく走り回る「ありつる童」が、「このゐたる戸のもとにしも向」いて「観音経」を念じあっている「ありつるやうなる童」たちを見とがめて、「あっ、そこには」と「いひ出でむ」ことを少将が恐れていると、「ありつる童」が事態に気づくことなく無事向こうへ立ち去ったと読むこともできるだろう。その意味ではたとえば、二人の女童を当然のごとく同一人物と見なし、「汚辱に満ちた現実世界」（大人の世界）と「小さな清浄なる世界」（子供の世界）を結びつける「トリックスター」と位置づけた、神田龍身「性的倒錯と短篇物語――『貝合』をめぐって――」（「物語研究」第四号、昭五八・四→『物語文学、その解体――『源氏物語』「宇治十帖」以降――』有精堂出版、平四）も、あるいはまた、「この少女は、最初、蔵人少将の見た四五人のかわいらしい少女（童（少女、四五人））の中の一人」と考え、「彼女は味方になってくれた少将を慈悲深い観音様であると見なして、他の少女たち（童（少女、三四人ばかり））をうち連れ、少将の隠れ場の戸のもとに向かってみんなで姫君方の必勝を祈願するが、これはまさしく観音に対する強烈な信仰心の発露であり、しかも、その信仰心が彼女の母によって自然に養われたものであることは明白である。ここにおいても彼女の母の躾ぶりを読み取ることができるであろう」と述べる、鈴木弘道「貝合せ物語」（『体系物語文学史第三巻　物語文学の系譜Ⅰ』有精堂出版、昭五八）も、ともに『全集』の解釈を前提とした一つの読みの試みというにとどまる。

（8）『集成』は、「「母—宣へ」の敬語呼応に、少女の幼児的痕跡が反映する。「母君—宣へ」では、呼応は妥当だが、少将を相手の発話では穏当でない。「母—言へ（申せ）」の呼応が適切であろう。世慣れない緊張が察知される」と述べているが（頭注）、その点に限らずいささか奇妙な表現というべきだろう。

（9）「わらはべども」は、諸本「わかき人ども」とあるのを誤写とみて改めてある。詳しくは、拙稿「『貝あはせ』覚書」（「北海道大学文学部紀要」第四十七巻第一号、平一〇・一〇）参照。

（10）「弘前大学国語国文」第八号、昭六一・三→王朝物語研究会編『研究講座　堤中納言物語の視界』（新典社、平一〇）採録。

（11）「古代中世国文学」第八号、平八・五→『堤中納言物語の言語空間　織りなされる言葉と時代』（翰林書房、平一八）所収。

4

『ほどほどの懸想』試論——頭中将は後悔したか——

一

頭中将は、故式部卿宮の姫君に「いひつきし」ことを後悔した。そして、そうした〈薫型〉主人公の、一途な恋に身を委ね切れない虚ろな覚醒と倦怠を物語って一篇は閉じられている。――『堤中納言物語』に収められた十の短篇の中でも分量的にもっとも短い『ほどほどの懸想』についての、従来のこうした作品理解のあり方は、おそらく正しいとはいえないだろう。この物語はそのようなもの憂い情況を描いて終る、あるいは、そのようなところにまで筆の及んだ作品ではありえないと思うのである。

＊

葵祭の明るい華やぎの中で、頭中将の随身である小舎人童が見そめた女童は、その後八条にある今は亡き式部卿宮邸に仕える身となった。そこで、自分たちの便宜のためにも頭中将を故式部卿宮の姫君にと、女童に相談を持ちかける小舎人童であったが、今度は、彼らの交際を知った同じ中将家の若い男が、故式部卿宮家の若い女房ににわかな好き心を起こし、童を介してただちに歌の贈答にまで漕ぎつける。そこへ主人公頭中将その人が現れ、男が見入っていた返歌を背後から奪い取って男を問い詰めた結果、それが故式部卿宮家の女房からの手紙であることを知るのであるが、このあと原文は次のように綴られ、『ほどほどの懸想』全篇はそのまま終結する。

われも「いかで、さるべからむたよりもがな」とおぼすあたりなれば、目とまりて見給ふ。「同じくは、ねんごろにいひおもむけよ。もののたよりにもせむ」などのたまふ。童を召して、ありさまくはしく問はせ給ふ。ありのままに、心細げなるありさまを語らひ聞ゆれば、「あはれ、故宮のおはせましかば。さるべき折は、まうでつつ見しに」(注1)と、よろづ思ひあはせられ給ひて、「世の常に」などひとりごたれ給ふ。わが御うへも、はかなく思ひつづけられ給ふ。いとど世もあぢきなくおぼえ給へど、また、「いかなる心の乱れにかあらむ」とのみ、常にもよほし給ひつつ、歌などよみて問はせ給ふべし。いかていひつきしなとおほしけるとかや。

(上・一〇七頁三行～一〇九頁二行)

究極の問題は、作品末尾の傍線部分をどのように解釈すべきであるのかというところにある。『堤中納言物語』の諸注は、この本文をこぞって「「いかで、いひつきし」など、おぼしける」

と捉えたうえで、表現のニュアンスに振幅はあるものの、そこに姫君に「いひつきし」頭中将の後悔ないしは反省の念を読み取っているのであるが、考えてみれば、この通説には、腑に落ちない点が少なからず存在しているのである。それがさして重要でない本文の読解に関わる疑念であるならばともかく、ことはこの物語全体の理解を大きく左右する結果に繋がると思われるだけに、このまま見過ごしにするわけにはいかない。すなわち本論の目的は、この部分に関する従来の解釈を批判し、新たな読みの可能性を提示するという、ただその一点に尽きるといってもよいのである。

二

これまで行われてきた解釈がその実いかに奇妙なものであるかを順次検証するにあたって、まずは「いひつく」ということばの問題を取り上げてみたいと思う。

『堤中納言物語』諸注を参照すると、「いひつく」を相手と契りを交すことと解する立場（『評釈』『新註』『全書』『新講』上田『新釈』佐伯・藤森『新釈』『精講』『大系』『注釈的研究』）、同じく「言い寄る」という訳語をあてる立場（『全註解』『全釈』『全集』『対照』『全訳注』『集成』『完訳』『新大系』『新編全集』）の二つがあり、年代的に新しい注釈書はおよそ後者に属していることが知られるのであるが、(注2)いずれにせよ、ここで大きな疑問が生じることになるのである。というのも、両者ともに「いひつく」ということばの意味を正確に押えたうえでの解釈だとは、とうてい思われないからだ。

そこで、確認である。カ行四段動詞「いひつく」は元来それほど用例の多い語ではないようであるが、この語の語義が恋愛におけるどのステップを指すものであるかについては、たとえば、次に掲げる二つの例から端的に窺い知ることができるだろう。

・また、この男、もののたよりに聞きわたる人ありけり。その人とは、この男にものいふ人は友だちにて、もの何にてもいひわづらひ、まめやかに、男のために苦しかるべきことをいふと聞きて、からうしていひつきにけり。さて、ほどなくあひにけり。さて、つとめて、女、

音にのみ人の渡ると聞きし瀬をわれものがれずなりにけるかな

（『平中物語』第十六段／日本古典文学全集・四九〇頁）

・平中が色好みけるさかりに、市にいきけり。中ごろは、よき人々市にいきてなむ、色好むわざはしける。それに、故后の宮の御たち、市に出でたる日になむありける。平中、色好みかかりて、になう懸想しけり。のちに文をなむおこせたりける。女ども、「車なりし人

は多かりしを、誰にある文にか」となむいひやりける。さりければ、男のもとより、
ももしきの袂の数は見しかどもわきて思ひの色ぞこひしき
といへりけるは、武蔵の守のむすめになむありける。それなむ、いと濃き掻練着たりける。それをと思ふなりけり。されば、その武蔵なむ、のちは返りごとはして、いひつきにける。かたち清げに、髪長くなどして、よき若人になむありける。いといたう人々懸想しけれど、思ひあがりて男などもせでなむありける。されど、せちによばひければあひにけり。その朝に、文もおこせず。（『大和物語』第百三段／日本古典文学全集・三三九頁）

これらの用例を見てはっきりとわかることは、男が女に「いひつく」状態とは、恋する相手に歌を贈るなどして一方的に求愛を試みる最初の段階＝「いひよる」ことども、また、相手と契りを交す最後の段階＝「あふ」こととも決して同義ではなく、正しくはちょうどその中間に位置づけられるべき段階だということなのである。具体的には、はじめの『平中物語』の例について、全集本の校注者である清水好子氏が「無事、文を届けて、読んでもらい、返事をもらえるようになること」と的確に頭注を付しているとおりであって、この語は、手紙のやりとり等ことばによる二人の交際が緒につく、相互の言語コミュニケーションが成立する段階を意味する語だと理解しなければならないのである。

このように、「いひつく」とは、相手と「あふ」ことでもなければ、相手に「いひよる」ことでもないのである。ゆえに、かりに頭中将が〝後悔〟もしくは〝反省〟したと読むのであれば、二人の間にはすでに肉体関係が生じていて彼がそれを後悔・反省したと考えることも、また、自らの求愛行動について彼が後悔・反省の念を覚えたと考えることも、ともに正解とはいえないのであって、正確には、姫君との間に交際の端緒が開かれた、文通によってことばを交しあうようになった、さらにいえば、歌の贈答が成立した、その点を後悔・反省したのだと解釈しなければならないはずなのである。

加えて、当面の一文の直前にある記述「歌などよみて問はせ給ふべし」との関係も問題となる。ここでの「問ふ」は、上に「歌などよみて」とあるので、求婚して相手の意向を打診するの意だとみておくべきであるが、傍線部「給ふべし」については二とおりの解釈が可能であると思われ、『源氏物語』に例をとるならば、

そののち、こなた(＝光源氏)かなた(＝頭中将)より、(末摘花ノモトヘ)文などやり給ふべし。いづれも返りごと見えず。(末摘花巻／日本古典文学全集①・三四八頁)

のように、すでに実行されている行為についての推量とも、また、

宿曜に「御子三人、帝、后かならず並びて生まれ給ふべし、中の劣りは、太政大臣にて位を極むべし」と、勘へ申したりしこと、さしてかなふなめり。（澪標巻／同②・二七五頁）

のごとく、これから生起する事柄に対する確信とも読めるのである。しかしながら、どちらの解釈を採るにしても、この時点において、頭中将はまだ姫君に「いひよる」ことを実践するにも至っていないか、あるいは、ようやく一方的に「いひよ」った段階でしかないのであるから、その直後の一文が突如として、相手にすでに「いひつ」いたあとの中将の後悔ないしは反省を述べるというのは、甚だしい飛躍であるというほかはない。これらの点からしてすでに、従来の読みを不審とするには十分なのである。

三

不審な点はそれだけではなく、そもそも「ドウシテ～」型をとる後悔・反省の表現に際し、その「ドウシテ」に相当する陳述の副詞として「いかで」が用いられること自体、少なくとも一般的でなかったのではないか、という疑問もある。そこで、以下にはその典型的な例として、この表現形式が形容詞「くやし」等まさに後悔の念そのものを語義にもつことばと共存しているケースを、いくつか選んで掲出する。

・「過ぎにし人（＝葵上）は、とてもかくても、さるべきにこそはものし給ひけめ、なにに、さることと（＝六条御息所ノ生霊）をさださだとけざやかに見聞きけむ」とくやしきは、わが（＝光源氏ノ）御心ながら、なほえおぼしなほすまじきなめりかし。

（『源氏物語』葵巻／日本古典文学全集②・四五頁）

・（光源氏ノ）御心にも、「などて、今まで（野宮ヲ）立ち馴らさざりつらむ」と、過ぎぬる方くやしうおぼさる。

（同賢木巻／同・七七頁）

・（薫ハ）なほ、この（＝中君ノ）御けはひありさまを聞き給ふたびごとに、「などて、昔の人（＝大君）の御心おきてをもてたがへて、思ひ隈なかりけむ」と、くゆる心のみまさりて

（同宿木巻／同⑤・三八九頁）

・（狭衣ハ）御簾少し上げて見出だし給へるに、楢柏はげにいたく漏りわづらふも、目とどまりて、

柏木の葉守の神になどてわが雨漏らさじと契らざりけむ

雨風につけても、くやしきことがちなるなぐさめに、若宮を見奉るたびごとに、「（女二ノ

宮ガ）さておはしまさましかば」とおぼされぬ折はなかりつるを、いとどこのごろは御心にかけぬひまなく、あはれにくやしき御心の中なり。

（『狭衣物語』巻三／日本古典全書下・六四頁）

・中納言、月をながめつつ、よろづおぼし出で給ひて、「今は」とて立ち寄りたりし（唐ノ一の大臣の家の、紅葉のかげの月の夜、五の君の「なぐさまめやは」と弾きたりし琵琶の音も耳につきて、「など、ありしほど、絶えず立ち寄り聞き馴らさざりけむ」と、さしもおぼえざりしことさへ心にしみて、くやしきまでにおぼされて、

立ち寄りてなどか月をも見ざりけむ思ひ出づれば恋しかりけり

（『浜松中納言物語』巻二／日本古典文学大系・二二七頁）

こうした諸例から帰納される結果は、人が「ドウシテ」と後悔する場合に用いられるのは、普通「など」「などて」「なにに」等いわば〈ナニ〉系の副詞もしくは連語であるという事実なのであり、このことはわれわれが経験的に先刻承知しているところでもある。したがって、『ほどほどの懸想』の作者が作品の末尾一文において、もし、故式部卿宮の姫君との言語コミュニケーションがはじまったことに対する頭中将の後悔を述べようとしたのであれば、こうした語法的見地からも「いかで」は用いず、たとえば「「などて、いひつき（に）けむ」など、おぼし

けるとかや」とでも記したはずではないかと考えられるのである。
もっとも、「いかで」が同じような文脈に使われることは絶対にありえなかったのかというと、そうではなく、平安期の作品においてはたとえば、『夜の寝覚』に次のごとき用例を認めることができる。

雪降り、月いと明く澄みたる夜、殿上人あまた参りて、戸口に、われはと思ひたる人々あまたゐたるに誘はれて、（新少将モ）中にまじりたり。（中略）暗きにおもむきたる方を、（宮ノ中将ハ）いとよく推し量りて、（新少将ノ）ゐたる東面にさりげなく尋ね寄りて、
「石山の峰に隠れし月影を雲のよそにてめぐりあひぬる
おぼし出づや。あはれなり」と、けはひもさまも、人よりはなつかしくなまめきて、いと忍びやかにいひたるに、（新少将ハ）え聞き過さで、
　雲居にはすむ空（もカ）ぞなき月なれば谷に隠れし影ぞ恋しき
とて、やをらすべり入りて、局に紛れ下りて、（中略）遣戸押しあけて、里の方思ひ出でて、「親たちの思ひおきてしにはたがひて、あはつけくももて出でぬる身のありさまかな。わが心も立ち馴れゆくよ。「峰に隠れし」といひつる返りごとを、いかで、答へ出でつるぞ」と、うとましく思ひつづけて、

知らざりし雲の上にもゆきまじり思ひのほかにすめばすみけり

（巻一／日本古典文学全集・九二〜九四頁）

新少将（＝但馬守の三女）は、宮中に出仕して次第に世馴れていく自己を省察し、われとわが身に「うとまし」さを感じている。言い寄ってきた宮の中将の歌を無視できずに思わず歌を返してしまった自分に対して「ドウシテ返答シテシマッタノダ」と時をおいて問いかける心情には、冷静な自己客体化が看取されるのであり、その点でこの例などはまさしく〝反省〟と呼ぶにふさわしいだろう。

また、中世期の擬古物語（中世王朝物語）からも、

・（兵部卿宮ハ按察使大納言ノ大君ヲ）月ごろも、いかで隔てて、うつつ心にて過ぐしけむ」と、御涙さへところせくおぼえ給へば

（『小夜衣』上巻／鎌倉時代物語集成③・三七六頁）

・（端山ノ内大臣ハ一品ノ宮トノ）二夜の隔てもまためづらしく、「いかで、ほかほかにて明かしつらむ」と、くやしきまでなる心地して

（『恋路ゆかしき大将』巻三／同・二九三頁）

などの例を拾い出すことが可能ではある。

だが、後者は前者にくらべてあくまで例外的なケースであったと思われ、〈ナニ〉系諸語が自己の犯した錯誤をめぐる後悔・反省の情を表す事例にはいくらでも遭遇することができるのに対して、同様の「いかで」は実のところ探し出すのに苦労するほどであり、用例数の上で圧倒的に僅少な点がどうしても気にかかるのである。

だからといって、問題の「いかで、いひつきし」を後者の貴重な一例に数えること自体、むろん不可能なわけではないので、この点だけをもって従来の読みを否定する根拠とはなしえないが、たとえ当面の「いかで」が後悔や反省の情意を表す疑問の副詞であると素直に認めたとしても、先に指摘した物語展開上の不自然さはそのまま残ることになる。頭中将が故式部卿宮の姫君に「いひよる」ところから「いひつく」段階に至る過程は、物語の中で具体的に描かれていないのはおろか、一言の言及すらないのであるし、また、彼が姫君に「いひつきし」ことをいったい何ゆえ悔やまなければならなかったのか、その理由についてもいっさい述べられてはいないのである。これはもとより作者による意図的な省筆なのであって、語られない空白は読者それぞれの想像によって自由に埋められればよい。そして、その点こそがこの物語独特の短篇的手法なのだ、と現状肯定的に居直ることもできよう。がしかし、『堤中納言物語』に収められた他の九篇には結末におけるそのような〝飛躍〟が認められない中で、『ほどほどの懸想』に限りほんとうに、そうした奇抜な手法が用いられたと考えてよいものなのかどうか。

四

さて、前節において、焦点の「いかで」を後悔・反省の表現と理解することに躊躇を覚えた背景には、実はもう一つ別の理由があった。それは、「いかで」には〈ナニ〉系のことばには見られない固有の語義、すなわち「ナントカシテ・ゼヒ」といった願望の義が認められるという点へのこだわりである。そして、この〝願望〟の表現にこそむしろ、この語の本領があったのではないかという思いをいかにも払拭しがたいのである。

そこで今度は、問題をこの視点から眺めてみることにしたいが、たとえば『枕草子』の中に、清少納言が男という生き物の不可解について、次のような感想を述べているくだりがある。

男こそ、なほいとありがたくあやしき心地したるものはあれ。いときよげなる人を捨てて、にくげなる人を持たるも、あやしかし。公所に入り立ちたる男、家の子などは、あるが中によからむをこそは選りて思ひ給はめ。およぶまじからむ際をだに、「めでたし」と思はむを死ぬばかりも思ひかかれかし。人の女、まだ見ぬ人などをも、「よし」と聞くをこそは、「いかで」とも思ふなれ。かつ、女の目にも「わろし」と思ふを思ふは、いかなることにかあらむ。

（新潮日本古典集成下・一六四〜一六五頁）

ここで注目したいのは、傍線を付した部分に記されている事柄なのであり、深窓の令嬢、未知の乙女の高い世評に胸をときめかせて「いかで」と思う、こうした男の好き心は、今さら述べるまでもなく、王朝物語の中でも随所に描かれているところである。

ただちに思い浮かぶのは、何といっても『竹取物語』の「世界の男、あてなるも、賤しきも、「いかで、このかぐや姫を得てしがな、見てしがな」と、音に聞きめでてまどふ」（日本古典文学全集・五三頁）という周知の一節であるが、そのほか、真木柱の娘を「いかで」と思う『源氏物語』の匂宮（紅梅巻／日本古典文学全集⑤・四八〜四九頁）、源氏の宮を「いかで、けざやかに思ふさまに見奉り過さむ」と思う『狭衣物語』の主人公（巻二／日本古典全書上・三六七頁）、吉野の姫君のことを「いかで、この人をだに見てしがな」と思う『浜松中納言物語』の式部卿宮（巻四／日本古典文学大系・三八六〜三八七頁）、二人の美女を「いづれをもいかで」と思う『とりかへばや物語』の式部卿宮の中将（巻一／新日本古典文学大系・一一七頁）、神奈備の皇女を「いかで」と思う『松浦宮物語』の主人公橘氏忠（巻一／角川文庫・一〇頁、一五頁）等々、その例は多い。

そうした中で、『ほどほどの懸想』の末尾一文の真意をこのような側面から検討するに際し、次の二例などはすこぶる参考となるに違いない。

・仲忠、あて宮に「いかで、聞えつかむ」と思ふ心ありて、かくありくになむありける。

（『うつほ物語』嵯峨院巻／校注古典叢書①・二一二頁）

・また、この同じ男、聞き馴らして、まだものはいひふれぬありけり。「いかで、いひつかむ」と思ふ心ありければ、常にこの家の門よりぞありきける。かうありけれど、いひつくたよりもなかりけるを、（中略）男も女もいひかはして、をかしき物語して、女も、心つけてものいふありけり。集まりてものいふ中に、男も、あやしくうれしくて、「いひつきぬること」など思ひてをりけるほどに

（『平中物語』第二十二段／日本古典文学全集・四九八〜四九九頁）

双方の傍線部分に注意していただきたい。はじめの「聞えつく」は「いひつく」の謙譲表現であるから、ここで仲忠も平中も、ともに憧れの女性に対して「いかで、いひつかむ」と願っていることになり、その点で両例はまったく同じ表現だと考えてさしつかえない。そして、この際重要なのは、この場合の副詞「いかで」＋動詞「いひつく」という語構成が、『ほどほどの懸想』末尾の問題の箇所と完全に一致しているという点なのである。

ところが、どうであろう。同じ「いかで」＋「いひつく」の形をとりながら、『ほどほどの

懸想』においては美女とことばを交しあう仲になったことを、男が「ドウシテ」と後悔・反省しているのだという。「ナントカシテ」憧れの女性と交際の緒をつかみたい、ことばを交したいという仲忠や平中の願いは、常識的に考えて実に自然な心情だと素直に理解できるのであるが、頭中将の場合はその逆であり、思えばいささか不可解な心理とはいえまいか。恋しい相手と歌の贈答が成立したことについて、はたして人は、後悔したり反省したりするものなのであろうか。

そこで、こうした疑問を念頭に置きつつ、はじめに原文で掲げたこの作品の終局部における物語展開の様相を、あらためて点検してみることにしたい。

すると、まず最初の部分で、頭中将にとって故式部卿宮の姫君が「いかで、さるべからむたよりもがな」と以前から関心を抱いていた意中の女性であることが述べられているが、この点はよくよく確認しておきたいものである。ここで用いられた「いかで」はほかならぬ願望の用法なのであって、美貌の姫君の存在と、それをおそらくは噂に聞いていて「いかで」と願う貴公子の設定は、恋物語の始発としてまったく定石どおりであるということができるのである。

そして次に、彼は宮家の女房に「いひつ」いた若い男に対して、「同じくは、ねんごろにいひおもむけよ。もののたよりにもせむ」と命じているではないか。まずは彼らに親密な間柄となってもらい、その相手方の女房を介して姫君との交際へのルートを開こうとの魂胆であるが、ここでいう「もののたより」とはすなわち、前掲の『平中物語』（第二十二段）の表現でいう「いひつくたより」に相当するだろう。「いかで」と思う女性に「いひつくたより」を求めようとする。――これもまた、物語のごく常道的進行のあり方に則しているといえよう。

さて、そのあと中将は、宮家の女童とすでに「あふ」段階に達している小舎人童から故式部卿宮邸の荒廃の様子を聞き、ついには「わが御うへも、はかなく思ひつづけられ給ふ」心境に至っているのであるが、ここは要注意。というのも、これまでの研究が陥穽に陥った大きな原因は、主人公がしばし無常観の虜となるこのあたりの叙述を必要以上に深刻に受け止め、これに拘泥し過ぎたところにあるように思われてならないからだ。宮存命中は出入りしたこともある立派な邸宅が、あるじの死とともに今や蓬の宿と化し、遺された娘、彼が好意を寄せる姫君はその中で心細い日々を送っている。しかし、そのことを深く憐れみ、そして、人の世の常なさ、さらに、わが身もまた早晩潰え去る存在でしかありえぬことの虚しさを「はかなく思ひつづけられ給ふ」のは、繊細な感受性の持ち主であればむしろあたりまえのことといえ、王朝物語の主人公たる権門の子弟が見せて当然の反応なのである。

そのことよりもここで留意しなければならないと思うのは、つづく「いとど世もあぢきなくおぼえ給へど、また」という箇所の後文への係り方なのであって、逆接の接続助詞「ど」と「ソノ一方デ」という意の接続詞「また」とが当該文脈の中に占める重みは、しっかりと受け止められねばなるまい。なぜなら、この二語の働きによって、頭中将は再び一人の恋する青年に立ち返る仕掛けになっているからである。ゆえに、筋の本流からみた場合、彼が無常観に囚われる部分にわれわれはあまり幻惑されるべきではないのであって、これまでのように特に頭中将の人物像と強く関係づけるかたちで、この点を重視する必要はさしてないものと判断されるのである。

前向きな懸想人に立ち戻った中将の様子は、「「いかなる心の乱れにかあらむ」とのみ、常にもよほしつつ、歌などよみて問はせ給ふべし」と、ただちに描写される。彼は故式部卿宮の姫君への恋心を抑えることができず、彼女のことが念頭から離れない。そして、「きっと気の利いた恋歌の一つも詠んで姫君の意向を打診なさるに違いない」、あるいは「打診なさったのであろう」という語り手の推量に直結して最後に、例の「いかで」＋「いひつく」の形がつづき、それをもって一篇は閉じられるのである。

ここにおいて、末尾の一文を従来の解釈に従って読もうとするかぎり、直前までの記述との間にどうしても断層が生じてしまうわけであるし、また、頭中将は少々奇妙な後悔をしたことにもなるのだが、そこで発想を転換させて、もし問題の「いかで」が願望の表現であったと仮定してみたなら、事態はいったいどのような変化を見せるのだろうか。

まず第一に、「歌などよみて問はせ給ふべし」までの叙述との接続がたいへんスムーズになって、これまでの解釈では大きな疑問を感じざるをえなかった文脈上の〝飛躍〟が一挙に解消されることになるのである。頭中将がプロポーズの歌を贈ったか、あるいは贈ろうとして「ナントカシテ返事ヲ」と願うのであってみれば、それはごく自然な展開だといえようし、また、物語の中に姫君との歌の贈答等がいっさい描かれていないことも、このように読めばむしろ当然のことと納得できる。第二に、はじめの「いかで」とも語義上まったく等質となり、そこに頭中将の姫君に対する「懸想」の一貫性を認めることが可能となろう。そして第三に、あとの「いかで」も願望の表現だと考えてみるならば、『ほどほどの懸想』の末尾部分もまた、先に述べた恋物語の展開類型から少しも逸脱しない内容に変貌するのである。

こうしてみると、問題の副詞「いかで」は、後悔・反省を表す疑問の用法ではなく、実は願望の用法だったのではないかと思われてくるのである。

五

そうはいっても、もちろん現本文のままではいかんともし難い。もし「いかで」を願望の意に解してすんなり通じるような姿の本文であれば、当然その方向での読解がすでに行われているはずである。したがって、ここはどうしても本文に多少の手を加えざるをえないが、信頼できる古写本が存在しないうえに、現存の六十余本はすべて中世末頃のきわめて粗悪な同一祖本から派生したものとおぼしく、一様に多くの誤脱を抱えているという『堤中納言物語』の劣悪な伝存状況(注3)を顧慮し、また、最小限の改変という条件を付けるならば、そうした手段を取ることも許容されるのではないかと思う。以上の判断に基づいて、ここでは二とおりの試案を提示しておくことにする。

第一案は、「いひつきし」と「なと」との間にもともとは「か」の字が存在していたのではないかと想定する考え方である。これに拠ると問題の本文は、「「いかでいひつきしがな」と、おぼしける」と理解でき、陳述の副詞「いかで」は「しがな」と呼応して願望の表現を形成することになる。「か(可)」一字が転写の過程で脱落することはしばしば見られる現象なので、誤写の可能性そのものについてはおおいに認められてよい案であると思われるけれども、この立場に弱みがあるとすれば、それは、願望の終助詞「しがな」はほとんどの場合、実際には「てしがな」または「にしがな」の形で用いられるという点であろう。それでも、「しがな」が直接動詞もしくは「つ」「ぬ」以外の助動詞に接続する例もむろんないわけではなく、和歌では、「秋ならで妻呼ぶ鹿を聞きしがな折から声の身にはしむかと」(二度本『金葉集』異本歌・六七九/藤原行家)といった用例、また、散文では、「いかで、一度にても、御文ならで聞えしがな」(『平中物語』第二十七段/日本古典文学全集・五一二頁)、「つゆの一ことばも、いかで、かけられしがな」（『とりかへばや物語』巻一／新日本古典文学大系・一一六頁）、「いかで、かかる旅の御しつらひ、ほどほのかにも見奉る玉簾の隙ありしがな」（『恋路ゆかしき大将』巻二／鎌倉時代物語集成③・二六六頁）、「いかで、生ほし立てしがな」（『秋霧』下巻／同①・六二頁）などの用例を見いだすことができる。

対する第二案は、「いひつきし」の「し」を「て」の転化と想定する考え方で、そうすると今度は「「いかでいひつきて」など、おぼしける」と、焦点の一文は整定されることになる。「いひつきて」のあとには、たとえば「思ふさまにもてなさばや」などの省略を考えればよいだろう。「て（天）」と「し（之）」との誤写はしばしば認められるものであるし、[注4]「いかで」ではじまる願望の表現がこうしたいいさしの形になることも多く、「厭はしう思ひ侍りしことも、今は「いかで、ながらへて」など思ひ給ふべき」（『狭衣物語』巻四／日本古典全書下・二〇八頁）、「馬副の装束飾りを、「いかで、世にめづらしく人にすぐれて」とおぼし営む」（同巻三／同下・一〇五頁）等々、枚挙に遑がない。

双方を比較すれば、語法の無難さという点で第二案の方を採るべきかとも思われるが、今はひとまず両案を併記したまま提示しておくことにしたい。肝腎なことは、このようにほんのわずかな、しかもそれほど無謀でない本文操作を行うことによって、『ほどほどの懸想』末尾の一文を頭中将の恋の願望を伝える叙述と読むことが、おおいに可能になるという点なのである。

六

ここであらためて、この作品のタイトルが『ほどほどの懸想』であることに思いを致すべきである。「懸想」とは文字どおり「異性に思いをかけること、恋愛感情をいだくこと、恋、という程度の意味（注5）」なのであり、そうであってみれば、作者のねらいはあくまで、それぞれの身分にふさわしい相手に恋心を抱いた三人の男たちに照明を当て、それぞれの「懸想」の様相を描き出すところにあったわけで（注6）、各自の恋の行方を最後まで追尋することは、この物語にとって決して必須の課題ではなかったものと了解すべきであろう。したがって、そうした趣向の作品が閉じられるにあたって、直前までのスムーズな文脈が不自然に分断され、唐突にまたわざわざ、頭中将の恋の悔恨が語り添えられるはずはなく、たとえば、彼の「懸想」について「詳しく恋が描かれず、結末だけが投げ出されているが故に、この一文に重い意味を見出すこと（注7）」など、どだい不可能な話なのである。

さらに、これまではもっぱら「屈託なく生き生きした下の恋、遊戯的な中の恋、もの憂く厭世的な上の恋（注8）」、「いかにも童かたぎ、若者かたぎ、公達かたぎとでも呼びたいような三者三様の恋」（『全訳注』）などというふうに、三層の恋それぞれに質的な相違を読み取ろうとする視点からのみ説明がなされ、しかも、それが必ずしも十全な説得力を持った把握であるとはいい難かったこの短篇物語の構成意図についても、一篇の終りを私見のごとくに読み改めてみるならば、従来とはまったく異なった角度から、実に明快に見とおせてくることになる。

すなわち、最初の小舎人童の「懸想」については、女童との出会いから彼女のもとへすでに通う日常までが描かれ、安定した交際として結実を見ているが、これは「あふ」段階にまで達した恋。次の、頭中将に仕える若い男の「懸想」は、故式部卿宮家の女房といちはやく和歌の贈答を実現させたところまでが語られて、これぞ今まさに「いひつく」段階に至った恋。そして最後の、頭中将の故式部卿宮の姫君に対する「懸想」は、これから交際を求めるべく相手に歌を贈ったか、あるいは贈ろうとして、彼がぜひ成就をと願うところで打ち切られていると読み直せるが、これはようやく「いひよる」段階にある恋。――というように、焦点となる三者の「懸想」の様相は、その到達度の順に従って「あふ」、「いひつく」、「いひよる」の三段階に截然と区分できるのである。

さらには、男たちの「懸想」を種とする恋愛の、いわばスリー・ステップを描き分けるために、三つの部分を因果の関係で動的に連鎖させ、記述量を段階的に絞り込みつつ、最終的に頭中将のときめく胸中にフォーカスを当てて終る手法は実に見事というほかはなく、そこには少しの無駄も弛緩も感じられない。こうした簡潔かつ巧妙な構成が仕組まれえた背景に、作者の明確な意図に基づくしたたかな設計が存在したことは明白であり、あたかも長篇物語の発端となる事件展開を圧縮して切り取ったような、テンポのよいあざやかな短篇作品に仕上がっていると評価することができるのではなかろうか。(注9)

『ほどほどの懸想』が描く頭中将は、これまでいわれてきたように「分別くさく湿り、厭世的で優柔な言動(注10)」の人でも、「良心的な内省が実践的な行動と乖離し、後悔しながらも、事態の解決には能動的な行動力を喪失した、内省的貴族」(『集成』)でもなく、あるいはまた、「外見的には世のわずらいもなく順風満帆の日々を送っているようでありながら、それゆえにかえって心のよりどころや心を打ち込めるものがない不安をかかえ、厭世の思いが強くて慕い寄る女たちや縁談に見向きもしない、そのくせ心に決めたただ一人の女性を深く思いつめるという、『源氏』宇治十帖の薫君的な性格のもちぬし(注11)」でもなかった。なるほど、物語は一時暗転し、頭中将の心の空洞を映し出すことによって、彼にペシミストの相貌を付与しているかに見えるけれども、これは、『源氏物語』の薫型主人公を頭中将にひとまず装わせておいて、すぐさまそれをパロディ化して見せるおかしみを狙ったもので、彼を再度明るい光彩の中に立たせ、全篇を急転直下に結ぶことをもくろんだ作者の、周到に凝らした技巧だったとみるべきではないのだろうか。

この作品が明るく華やいだ「今めかし」さをあくまで基調とする中で(注12)、頭中将もまたきわめて健全な色好みだったのであり、もとより一個の恋する青年でしかありえないのだ。そして、やがて「いひつ」き姫君に「あふ」ことになるであろう語られぬ彼の「懸想」の行方については、それこそ読者それぞれの想像に委ねられているといえるのである。

注

(1)「見しにと」は、諸本に「見しにも」とあるのを誤写とみて改めてある。詳しくは、拙稿「『ほどほどの懸想』覚書」(「北海道大学文学部紀要」第四十六巻第二号、平一〇・一)参照。

(2)『全釈』や『新大系』は、引用部分中の「いとど世もあぢきなくおぼえ給へど」以下を、頭中将が姫君のもとへ通いはじめたあとの叙述と読む立場を、また、『全註解』や『対照』は、二人がすでに契りを交すようになってから、頭中将が姫君に言い寄ったことを後悔したと解する立場を、それぞれ明らかにしている。

(3)鈴木一雄『堤中納言物語序説』(桜楓社、昭五五)Ⅲ「『堤中納言物語』覚書」三「伝本について」等参照。

(4)ちなみに、池田亀鑑『古典の批判的処置に関する研究』第二部(岩波書店、昭一六)には、この両方のケースについて具体的な混同例が掲出されている(四〇〇頁、四〇七頁)。

(5)三角洋一「ほどほどの懸想物語」(『体系物語文学史第三巻 物語文学の系譜Ⅰ』有精堂出版、昭五八）四三八頁。

（6）したがって、三組の男女の関係を「小舎人童と女童の恋、頭中将に仕える若い男と故式部卿宮家の若い女房の恋、頭中将と故式部卿宮の姫君の恋」と表現するのは適切でなく、正しくは「小舎人童の女童への恋、頭中将に仕える若い男の故式部卿宮家の若い女房への恋、頭中将の故式部卿宮の姫君への恋」と捉えなければならない。

（7）丸田節子「ほどほどの懸想」（『国文学解釈と鑑賞』第五百九十七号、昭五六・一一）。

（8）石埜敬子「短篇物語集『堤中納言物語』」（『日本文学新史〈古代Ⅱ〉』至文堂、平二）二二六頁。

（9）たとえば、「一篇の構想に、焦点の三箇ある所は「花櫻折る中将」と類似点もある。然し、この篇中最も強調せらるべき頭中将の懸想の段は、焦点が漠然として迫力に乏しい。全体としても、緊張には物足らない感が深いのである」（『全註解』）との評言や、「この短篇物語では、恋が上の層にのびるにつれて描写が足りず、むしろ尻切れの感まであるのに助けられたかたちで、下の恋ばかり目立つ結果になっているともいえるかと思う。これを逆にいえば、はじめは相当に息《ママ》ごんで書きおこし、『枕草子』（「祭のころは」）などの描写を手本《ママ》して描写してみたものの、結局のところ力量不足はいかんともしがたく、次第に先細りに終ったということでもあろうか」（鈴木一雄氏前掲注3書Ⅲ「『堤中納言物語』覚書」一「各篇の展望」二八四頁）との見解に代表されるごとく、この作品の完成度については従来芳しくない評価もめずらしくなかった。

(10)鈴木一雄氏前掲注3書Ⅲ「『堤中納言物語』覚書」一「各篇の展望」二八五頁。

(11)三角洋一氏前掲注5論文四四四頁。

(12)赤塚雅己「「ほどゞの懸想」の理念と方法」(「緑岡詞林」第五号、昭五六・三)は、作中に二例見えることば「今めかし」に着目し、これをこの物語の「「趣味性や理知性」を重視する明るい恋愛観を端的に表す」理念と提唱するが、従来の読解に従っているため「上の品」の恋については説明がつかず、頓挫しているように思われる。

【補論】

本論初出から四年半後に、「『ほどほどの懸想』覚書」を発表した(関連論文一覧参照)。その中から、本論の論旨を補完する二節(第五節・第六節)を以下にそのまま掲載して「補論」としたい。なお、表記を一部変更したほか、文言も若干改めた。

五

わが御うへも、はかなく思ひつづけられ給ふ。いとど世もあぢきなくおぼえ給へど、また、「いかなる心の乱れにかあらむ」とのみ、常にもよほし給ひつつ、歌などよみて問はせ給ふべし。

（上・一〇八頁五行～一〇九頁一行）

前節の本文から連続する文章。考察の主眼は傍線部の「もよほし」にあるのだが、この語の再解釈を突破口として、「常に」以下の本文に関する従来の読解に全面的な修正を迫っておきたいと思う。それによって、この作品の骨組みとなる三層構造のありさまがよりあざやかに浮かび上がることになるからである。そこでまずは、「従来の解釈」から。

○また一方では、「どうした心の乱れであろうか。」とばかり、何時も恋心がきざされて、歌など詠んで姫君を訪われるにちがいない。

（上田『新釈』・通解）

○また「どうした心の乱れであろうか。」とばかり、いつも恋心をお起しになりなりして、歌などをよんで消息をなさるに違いない。

（佐伯・藤森『新釈』・通釈）

○また一方どういう心の乱れであろうかという気持にばかりいつもさそわれて、姫君のもとに歌など詠んでおたずねになるらしい。

（『大系』・頭注）

○又一方、「（こうして姫君を恋するのは）一体どういう心の乱れによるのであろうか。」とばか

り、いつも物思いの気持をおさそい出しおさそい出しになりしては、きっと歌など詠んで姫君に消息あそばすのであろう。（『全釈』・訳）

○また（一方）、どういう心の乱れからであろうかと（言わん）ばかりに、いつも（姫君への）想いが頭をもたげてはもたげ、歌など詠んできっとご消息なさるのであろう。（『対照』・現代語訳）

○また、「どういう心の乱れのなすわざか」といぶかしいほど、いつも恋の思いがこみあげてきて、姫君に歌を詠んで消息なさるようである。（『全訳注』・現代語訳）

通説はこのとおり、動詞「もよほす」を恋心がきざす、恋情がこみあげるの意に解釈する。「後悔はしながらも」（『評釈』・通釈）、「思い起しなされたが」（『全註解』・口訳）、「我れと我が心に問いたゞされながら」（『注釈的研究』・通釈）等の異見もあるが、これらとて「もよほす」を頭中将の心の動きに関わる語と捉えた点では、通説と次元を同じくするものだ。私もまた、旧稿においては、「彼は故式部卿宮の姫君への恋心を抑えることができず、彼女のことが念頭から離れない」などと、大樹の蔭に寄っていたしだいである。

しかし、本文が「もよほされ」ではなく「もよほし」の形であることを考慮すれば、こうした理解は明らかな間違いであった。結論からいえば、この「もよほす」は、

・「船とく漕げ。日のよきに」ともよほせば、楫取り、船子どもにいはく、「御船より、おふせ給ぶなり。朝北の出で来ぬ先に、綱手はや引け」といふ。

（『土佐日記』／新日本古典文学大系・二五頁）

・なほあなたに渡りて、ただ一声ももよほし聞えよ。むなしく帰らむが、ねたかるべきを。

（『源氏物語』末摘花巻／日本古典文学全集①・三四二頁）

・対面に聞ゆべきことども侍り。かならずみづからとぶらひものし給ふべきよし、もよほし申し給へ。

（同若菜上巻／同④・一七頁）

・人々いたく声づくりもよほし聞ゆれば、京におはしまさむほど、はしたなからぬほどに、といと心あわたたしげにて、心よりほかならむ夜離れをかへすがへすのたまふ。

（同総角巻／同⑤・二七四頁）

などの例と同様、誰かをせきたてる、何かを催促するといった、ごく素直な意味に受け止めるべきであったのだ。すなわち、頭中将は、このころすでに宮家の女房と「あふ」段階に達していたはずの例の若い男を「もよほし」たのである。それは同時に、彼自身が宮邸を訪れたとする読み方にまったく成り立つ可能性のないことをも意味していて、この作品を正しく理解するうえできわめて重要なポイントとなるはずだ。念のため「また」以下の本文に対する試訳を示せば、およそ次のようになろうか。

その一方で、「いったいどうした惑乱であろうか」と思われるほどに、しょっちゅう（若い男を）せきたてなさっては、（求愛の）歌などを詠んで（手紙を託し）、（八条の宮を）訪ねさせていらっしゃるのだろう。

まずは、頭中将の家人である若い男が小舎人童の「しるべ」（上・一〇四頁六行）を利用して宮家の女房に接近した。すると今度は、中将が若い男の恋人を「もののたより」（上・一〇七頁六行）にして、何とか姫君を口説き落とそうというわけである。このように読んでみてこそ、『ほどほどの懸想』の基本にある同心円状とも、ピラミッド状とも、あるいはチェーン状とも形容すべき重層構造の様相が、鮮明に見て取れることになるのではあるまいか。

なお、「問はせ給ふ」という表現は作中に二度現れるが、いくら〝主人公〟とはいえ、この物語の成立年代を考慮すれば、頭中将クラスの人物に地の文における二重敬語が、しかも二箇所に限って用いられたとは考えにくい。その点からいっても、「歌などよみて問はせ給ふべし」の「せ」は使役と解するのがよく、そうなれば、残る「童を召して、ありさまくはしく問はせ給ふ」（前節参照）の「せ」も、自動的に使役の用法ということになろう。

六

さて、物語の最後の一文「いかでいひつきしなとおほしけるとかや」（上・一〇九頁一行〜二行）を、①「「いかでいひつきしがな」とおぼしけるとかや」、または、②「「いかでいひつきて」などおぼしけるとかや」と改訂すべきであることは、旧稿で説いたとおりであり、その考えは今も変わっていない。ただし、現在では「て（天）」から「し（之）」への本文転化を想定する②の案を採るのがよいと判断している。そこでここでは、「し」と「て」とが交替した例を三代集の中から採取して、実際にいくつか紹介しておこうと思う。

a もみぢ葉の散りて積れるわが宿に誰をまつ虫ここら鳴くらむ　（『古今集』秋下・二〇三）

b わが背子をみやこにやりて塩釜のまがきの島のまつぞ恋しき　（同東歌・一〇八九）

c 何に菊色染めかへしにほふらむ花もてはやす君も来なくに　（『後撰集』秋下・四〇〇）

d 来むといひし月日を過ぐす姨捨の山の端つらきものにぞありける　（同恋一・五四二）

e 跡もなき葛城山をふみ見ればわが渡し来しかたはしかもし　（『拾遺集』雑賀・一一九九）

aは、諸本に「散りて」とあるところ、崇徳天皇御本系の藤原雅経筆西脇家本が「散りし」に作るほか、藤原清輔本系の保元二年本（前田本・穂久邇文庫本）では「て」の横に「しィ」の朱書が見られる。bは、諸本「やりて」に対して、藤原清輔本系の片仮名本（寛親本）が「ヤリシ」の本文をもっている（以上、久曾神昇『古今和歌集成立論』全三冊〈風間書房、昭三五〉に拠る）。これら二つの例は、「て」とあるべき箇所が「し」に誤られたケースといえよう。つづくcは、諸本に「染めかへし」とあるところ、二荒山本および『後撰和歌集増抄』が「染めかへて」の本文。dは、通行の本文が「いひし」であるのに対し、別本系統の宮内庁書陵部蔵伝堀河具世筆本や定家本系統の野坂家蔵堯憲筆本・高松宮家蔵寄合書本・宮内庁書陵部蔵家仁親王自筆奥書本等においては「いひて」となっている（以上、小松茂美『後撰和歌集　校本と研究』校本編〈誠信書房、昭三六〉に拠る）。そしてeは、諸本に「もし」とあるところ、異本第一系統の宮内庁書陵部蔵伝堀河具世筆本では「もて」に作る（片桐洋一『拾遺和歌集の研究』〈大学堂書店、昭四五〉に拠る）。c〜eの三例は、a・bの場合とは逆に、「し」が「て」に誤られたと判断されるケースである。

　華やいだ葵祭の時節にはじまる『ほどほどの懸想』の基調は、どこまでも軽やかで明るく、零落した故式部卿宮邸の人々でさえもがそうした光彩の中に包み込まれていたのだ。頭中将に仕える若い家人から届いた恋文の扱いをめぐり、年増の女房がすぐに返事をするのがモダンだと若い同僚を笑ってからかい、からかわれた当の本人もまたハイカラな才女とおぼしく心憎い返歌を即座に詠んで答える、というあの場面がそれを象徴していよう。しかるに従来は、作品末尾の一文を「「いかでいひつきし」など、おぼしけるとかや」とありのままに整定し、そこに式部卿宮の姫君との交際を後悔ないし反省する頭中将の虚ろな心情を読み取りつづけてきたわけである。が、それがとんでもない誤読であることは、旧稿で指摘したいくつかの根拠に加えて、先に述べた「もよほす」の解釈に照らしてみても明らかだろう。『ほどほどの懸想』の軽やかで明るい基調は最後の最後まで保たれているのであって、「何とかして返事をもらって……」とまだ見ぬ人に胸をときめかせる頭中将の姿を描いたところで、話の扉はほほえましく閉じられていくのである。

5

幻惑装置としての現存本文
――『逢坂越えぬ権中納言』復元――

一

『堤中納言物語』の研究において今何よりも急がれるのは、その基盤となる本文の整備にほかなるまい。『逢坂越えぬ権中納言』については かつて、推測批判による不審本文の改訂を中心に小論をものしたことがあるが、(注1)そこで俎上に載せえたのは、いわば些事に過ぎなかった。そこで本論では、この作品の現存本文に認められるより重大な欠陥二箇所を取り上げて、本文改訂の必要性を説明しそれぞれの〝復元〟案(注2)を提示するとともに、現存本文に固執した読みの破綻についてもあわせて明らかにしておきたいと思う。

*

『逢坂越えぬ権中納言』は、楽曲に譬えるならA→B→A′の三部形式を踏む短篇物語といえるが、はじめの論点は、中宮の御前で菖蒲の根合がはじまるまでの様子を叙したB部分の次の本文中にある。

中納言、さこそ心に入らぬけしきなりしかど、その日になりて、えもいはぬ根ども引き具して参り給へり。小宰相の局にまづおはして、「心幼く取り寄せ給ひしが心苦しさに、若々しき心地すれど、安積の沼をたづねて侍り。さりとも負け給はじ」とあるぞたのもしき。いつの間に思ひ寄りけることにか、いひつくすべくもあらず。右の少将おはしたんなり。「いづこや、いたう暮れぬほどぞよからむ。中納言はまだ参らせ給はぬにや」と、まだきにいどましげなるを、少将の君、「あなをこがまし。御前こそ、御声のみ高くておそかめれ。彼は、しののめより入りてととのへさせ給ふめり」などいふほどにぞ、かたちよりはじめて、同じ人とも見えずはづかしげにて、「などてか。この翁、ないたういどみ給ひそ。身も苦し」とて歩み出で給へる、御年のほどぞ二十に一、二ばかり余り給ふらむ。「さらば、とくし給へかし。見侍らむ」とて、人々参りつどひたり。

（下・九七頁四行〜一〇〇頁三行）

焦点となるのは、傍線を付した「右の少将」。自説を展開する前にまず確認しておきたいのは、この人物を主人公中納言に対抗しうるエリート貴族として既出の「三位の中将」のことと解し、「少将」の部分を「中将」に置き換えて読む通説の正しさである。漢字「中」と「少」の交替はしばしば起こる現象であり、事実、『逢坂越えぬ権中納言』中においても頻発してい

る。したがって、同じく「三位の中将」を指すとみなければならない以下二箇所の「少将」、

・少将、「さらに劣らじものを」とて、

いづれともいかが分くべきあやめ草同じ淀野に生ふる根なれば

とのたまふほどに、上聞かせ給ひて、ゆかしうおぼしめさるれば、しのびやかにて渡らせ給へり。（下・一〇三頁一行〜七行）

・「（上略）さりとも、中納言負けじ」などおほせらるるやほの聞こゆらむ、少将、御簾の内うらめしげに見やりたる尻目も、らうらうじく愛敬づき、人よりことに見ゆれど、なまめかしうはづかしげなるは、なほたぐひなげなり。（下・一〇四頁七行〜一〇五頁四行）

についても、これらを「中将」に改めるのはしかるべき措置だったといえるわけだ。

さて、そこまではよい。問題なのは「右の」の部分で、この表現自体は、

平内侍、

「伊勢の海の深き心をたどらずて古りにし跡と波や消つべき

世の常のあだごとの引きつくろひ飾れるにおされて、業平が名をや朽すべき」と争ひかね

たり。右の典侍、

雲の上に思ひのぼれる心には千尋の底もはるかにぞ見る

（『源氏物語』絵合巻／新編日本古典文学全集②・三八二頁）

のごとく「右方の」とも、あるいはまた、

「有職どもなりな。心用ゐなども、とりどりにつけてこそめやすけれ。右の中将（＝柏木）は、まして少ししづまりて、心はづかしきけまさりたり。いかにぞ、おとづれ聞ゆや。はしたなくも、なさし放ち給ひそ」などのたまふ。

（『源氏物語』常夏巻／新編日本古典文学全集③・二二八頁）

のごとく「右近衛府の」とも、可能性としては解しうるだろう。

だが、後者を選択するのは、この場合適切ではない。だから（かどうかは知らないが）、『堤中納言物語』諸注はこぞってこれを「右方の」の意に解し、何の疑問も抱いていないように見える。しかし、前の場面において、右の人、「さらば、こなたは三位の中将を寄せ奉らむ」といひて、殿上に呼びにやり聞えて、「かかることの侍るを、こなたに寄らせ給へとたのみ聞ゆる」と聞えさすれば、「ことにも侍らぬ。心の思はむかぎりこそは」と、たのもしうのたまふを

（下・九六頁三行〜九七頁一行）

というかたちで初登場した人物がここでいきなり「右の中将」と表記されるのは、いかにも異様な筆法とはいえまいか。

右方の後援者すなわち〝方人〟になることを、任せておけとばかりに承引した「三位の中将」を、ここでことさら「右の」（＝右方の）と断らなければならない、その必要性はいったいどこにあるというのだろうか。もしかりに、問題の「右の」が「右方の」の意だとするなら、「いみじき方人」（下・九四頁五行）中納言もまた「左の中納言」と記されてよいはずであるし、さらにいえば、対偶関係からして「右の中将」は「右の三位の中将」と明確に書かれるべきだったのではないか。

そして、より根源的な疑問。それは、そもそも競技の当事者ではなく援助者の立場にある〝方人〟個人を、「左の」某・「右の」某とは呼ばなかったのではないかということである。例示した『源氏物語』絵合巻の「右の典侍」は右方（＝弘徽殿の女御方）の援軍ではなく、中宮藤壺の

御前で行われた絵合の当事者にほかならないし、（注5）『逢坂越えぬ権中納言』の「右の人」（下・九六頁三行〜四行）もまた根合の右方の競技者たる女房を指す。「いかにも異様」と述べた理由は、実にこの点にあったのだ。とするならば、「右の」をこれまでのように「右方の」と安易に解釈することは困難になる。だからといって、「右近衛府の」の意にも解せないのであるから、結局のところ、「右の」という本文そのものの信憑性が根底から問われることになるのではないか。

そこで、〝復元〟案である。それは、「みき」の「み」は漢字「三」の、かつ、「き」は仮名「ゐ」の誤写ではないのか、という推定。すなわち、現在「みき」の形で伝わる本文は、元来「三ゐ」だったとみるのである。漢字表記の「三」がそれをくずした仮名の「み」に誤られることは容易に推察できるし、「為」を字母とする平仮名の「ゐ」が「支」を字母とする平仮名の「き」に誤認されることもまた、想定可能であろう。（注6）そして、この考え方に従えば、今に伝わる「右の（中将）」は「三位の（中将）」からの転化本文以外の何者でもないと判定され、そのことは同時に、現存諸本の官職表記「少将」が「中将」の間違いであることをあらためて裏づける結果にもなるはずだ。

思えば、しごく単純な問題だったというべきだろう。根合の当日、まずは主人公「中納言」が悠然と登場し、遅れて好敵手でありながらあくまで引き立て役でしかない「三位の中将」が威勢よく姿を現す。——何とも自然な文章の流れではないか。ことここに至ってみれば、幻惑装置としての現存本文＝「右の少将」はもとより、従来の改訂本文＝「右の中将」とも、きっぱりと決別するのが道理というものであろう。

「右の少将」とはこのとおり、「三位の中将」の成れの果ての姿に過ぎなかったわけである。なお付言するならば、先に当該本文を示した以下二箇所の「中将」が現存諸本において「少将」となっているのは、ケアレスミスが偶然重なった結果ではなく、「右の少将」という転化本文を真に受けたある書写者の、浅慮に基づく〝改変〟に起因するものと考えられる。

二

次に、やはりB部分に含まれる歌合場面を取り上げて、本文の〝復元〟を試みる。『堤中納言物語』諸注がその読解に難渋してきた現存本文の姿を、まずは掲出するとしよう。

根合せはてて、歌の折になりぬ。左の講師左中弁、右のは四位の少将。よみあぐるほど、小宰相の君など、いかに心尽すらむと見えたり。「四位の少将、いかに。臆すや」と、あいなう、中納言後見給ふほどねたげなり。

左、

君が世の長きためしにあやめ草千尋にあまる根をぞ引きつる

右、

なべてのと誰か見るべきあやめ草安積の沼の根にこそありけれ

とのたまへば、中将、「さらに劣らじものを」とて、

いづれともいかが分くべきあやめ草同じ淀野に生ふる根なれば

とのたまふほどに、上聞かせ給ひて、ゆかしうおぼしめさるれば、しのびやかにて渡らせ給へり。

（下・一〇一頁五行〜一〇三頁七行）

右の本文を諸注がどのように読み解いているかを逐一紹介することは、無意味に等しい作業なのでいっさい省略するが、この箇所を正確に解読するうえで第一に押えておかねばならないのは、後半部分に一対で現れる尊敬語「のたまふ」の敬意の対象であって、はじめの「とのたまへば」は中納言への、かつ、これに呼応する「とのたまふ」は三位の中将への敬意と解く以外に選択肢はありえないという点だ。つまり、二首目の「なべてのと」歌は中納言の、三首目の「いづれとも」歌は三位の中将の歌として確定させるところから全体の解釈に及ばなければならなかったのである。

この初歩的な点を鋭く突いてみせたのが、すでに注5で触れた片桐洋一「『逢坂越えぬ権中納言』の根合歌三首――「歌合の場」新考――」であった。同論が漏らす、

それにしても、「のたまへば……のたまふほどに」という文構造と歌合歌の披講に「のたまふ」という敬語動詞を用いることの不自然さに気づきさえすれば何でもなかったのである。

との所感にはまったく同感であるし、また、

(上略)三首のうち、実際に歌合歌として合わせられたのは、かの天喜三年の「六条斎院物語歌合」に小式部の歌として提出された「君が代の長きためし……」の一首だけ(当然左方の歌)であり、他の二首は左右それぞれの方人の応援歌であるということになる。つまり一番の左歌が示されただけで、右方の一番歌はまだ提示されていなかったということなのである。そして、このように解すれば、次の「なべてのと誰か見るべき……」の歌の前の「右」という字は、その前の「左」に対応させるべく加えられたさかしらのせいということになる。

と述べるその見解にも、大筋において従わなければなるまい。
ところが、片桐論文の所見に基づいて現存本文を〝復元〟してみると、次のような奇妙な形になるのだから、そこではたと困惑することになる。

根合せはてて、歌の折になりぬ。左の講師左中弁、右のは四位の少将。よみあぐるほど、小宰相の君など、いかに心尽すらむと見えたり。「四位の少将、いかに。臆すや」と、あいなう、中納言後見給ふほどねたげなり。

左、
君が世の長きためしにあやめ草千尋にあまる根をぞ引きつる
なべてのと誰か見るべきあやめ草安積の沼の根にこそありけれ
とのたまへば、中将、「さらに劣らじものを」とて、
いづれともいかが分くべきあやめ草同じ淀野に生ふる根なれば
とのたまふほどに、上聞かせ給ひて、ゆかしうおぼしめさるれば、しのびやかにて渡らせ給へり。

「右」一文字を削除しただけのこの本文は、「君が世の」歌と「なべてのと」歌の間に脱文を想定しないかぎり、きわめて不自然でありとうてい承認しがたい。となると、片桐論文の貴重な指摘も結局は不完全燃焼に終ってしまったといわざるをえなくなるだろう。

ならば、どうするか。——現存本文をもう一度目を凝らして見つめ直してみてほしい。すると、「右のは四位の少将」と「よみあぐるほど」との間、および「四位の少将、いかに、臆すや」の直前部分にわずかな、しかし確かな〝空隙〟を看取することができるのではなかろうか。すなわち、前者については、「よみあぐる」の前にその対象となる歌があることが望ましく、また、後者に関しては、以下の主語が記されていてしかるべきではないのか、と推測されるわけだ。この想定に基づいて本文を〝復元〟してみると、問題の歌合場面はそのかみこのように綴られていたものと考えられる。

根合はせはてて、歌の折になりぬ。左の講師左中弁、右のは四位の少将。**左、**

君が世の長きためしにあやめ草千尋にあまる根をぞ引きつる

とよみあぐるほど、小宰相の君など、いかに心尽すらむと見えたり。**右、**「四位の少将、いかに、臆すや」と、あいなう、中納言後見給ふほどねたげなり。

なべてのと誰か見るべきあやめ草安積の沼の根にこそありけれ

とのたまへば、中将、「さらに劣らじものを」とて、

いづれともいかが分くべきあやめ草同じ淀野に生ふる根なれば

とのたまふほどに、上聞かせ給ひて、ゆかしうおぼしめさるれば、しのびやかにて渡らせ給へり。

左右の講師が紹介された直後の位置に「左、君が世の長きためしにあやめ草千尋にあまる根をぞ引きつる」を引用の格助詞「と」一字を補って移植し、片桐論文が後人の「さかしらのせい」とした「右」一文字を「四位の少将、いかに、臆すや」の前に移動させるこの措置。一見無謀な〝手術〟に映るかもしれないけれども、この形こそが、現存本文を唯一の材料とする〝復元〟案としてはもっとも合理的ではないかと思う。ついでに述べておくならば、左方の歌に番えられる右歌がないことを不審に感じたある書写者が、元来中納言の歌であるはずの「なべてのと」歌を軽率に「右」方の出詠歌と判断してしまい、それこそ「さかしら」な大〝改変〟の手を加えたことが、今日遺されている奇形本文の生成原因になったと推量される。

最後に、右〝復元〟本文の大意を説明しておくと、およそ以下のようになるだろう。

（中宮の御前での）根合が終って、歌合の折になった。（歌の披講を務める）左方の講師は左

中弁、右方の（講師）は四位の少将（である）。左（方では、左中弁が）、
　中宮様の長いご寿命のしるしに（しよう）と、千尋にも余る（すばらしい）菖蒲の根を
　引（き抜）い（てご覧に入れ）たしだいです。
と（一番歌を朗々と）読み上げる間、（作者である）小宰相の君などは（中宮への祝意を込めた自作の出来映えが心配で）、どれだけ気を揉んでいるだろうと（いうふうに）見えた。（対する）右（方は）、（講師が一番歌をなかなか披講しないので、たまりかねて）、「四位の少将、どうしたのです。気圧されたのですか」と（促すものの、四位の少将がいっこうに歌を読み上げないために）、砂を噛むような思いがして、中納言が（磐石の態勢で左方を）支援なさるお姿が、（ただただ）妬ましい様子である。
（右の一番歌はついに披露されることなく、勝負は完全に決着した。そこで、左方の方人中納言が、右方の方人三位の中将に対する勝利宣言として、）
　並一とおりの根だなんていったい誰が見ましょうか。（左方が提出したのは、あの）安積の沼の菖蒲の根だったのですね。（何と、遥か遠方の沼から苦労して持ち帰った、しかもなかなか手に入らない根だったとは。どうりであなたまでもが絶句するほど見事なわけだ。方人であるこの私も、恥ずかしながら今はじめてそのことに気がつきました。）
とおっしゃったところ、（負けて悔しいうえに、中納言の歌が癪に障った）三位の中将は、「（私の

用意した菖蒲の根だって）まったく遜色あるはずはないのに。（こともあろうに「安積の沼の根」だなんて、よくもまあそのような大法螺を吹けるものだ）」との（憤懣やる方ない）思いから、

どちら（が勝っている）などと、どうして判定できましょうか。なぜならば、（実際は、両方ともに）同じ（近郊の）淀野に生えた菖蒲の根なのですから。（あなたの準備した根が、安積の沼からはるばる引いて来た珍品であるはずはありません。）

と反駁なさる時分に、（この風流な行事のことを）帝がお聞きあそばして、（ぜがひでも）ご覧になりたくお思いになったので、こっそりとこちらにお出であそばした。

このように読むことが許されるならば、中宮に対する祝意を表した「君が世の」歌の詠み手は左方を主導する女房小宰相の君であったことが判明し、先陣を切って自作が読み上げられる間、彼女が気が気でない様子だったというのも頷けることになる。また、根合の最終段階で「左勝ちぬるなめり」（下・一〇一頁三行〜四行）と左方の勝利が確信された勝負の行方についても、右方の歌がついに披講されなかった時点をもって完全に決着したとみてよいことになろう。片桐論文は後の二首を「左右それぞれの方人の応援歌」と判断したが、そうではなく、これらは勝敗が決したあとでの方人同士の個人的やりとりだったと考えるのがよい。中納言の〝勝利宣言歌〟にうかがえる憎らしいまでの余裕とそらとぼけたユーモア。対照的に、三位の中将歌に

滲み出る中納言には敵わないことの悔しさと負け惜しみ。――われわれは、この両首からそうした機微を嗅ぎ取る必要があるのではなかろうか。

三

さて、それでもなお「(右の)少将」は確かにいたのだと主張する立場もある。金井利浩「「逢坂こえぬ権中納言」再説――「(右の)少将」のために――」(注7)と久下裕利「姿を消した「少将」――本文表現史の視界――」(注8)がそれである。ここではこの両論に言及し、現存本文に幻惑された「(右の)少将」存在説をあらためて否定しておきたい。

はじめに、金井論文に耳を傾けてみよう。同論はまず、

①「右の少将おはしたなり(ママ)」という一文に接したわれわれが、「ここでやってくるべきは「中将」の方だ」と思量するのは、やはり、「素直」からほど遠い読みだったのではあるまいか。

②「三位中将」の略称として作者が用いたのは、「三位」だったのであって、そこに旧来の諸注の重大な看過があったことを知るべきであろう。

の二点を根拠に、「（右の）少将」は確実に存在したのだと主張する。そして、「旧来の本文認識による」と、根合当日意気揚々と現れて「「いづこや、いたう暮れぬほどぞよからむ。中納言はまだ参らせ給はぬにや」と、まだきにいどましげなる」三位の中将が、右方の女房少将の君によって「あなをこがまし。御前こそ、御声のみ高くておそかめれ」云々と理不尽にも「おとしめられ」たことになる点と、それまで伯仲していた根合の「左のはてに取り出でられたる根ども」が「さらに心およぶべうも」なかったのを、三位の中将はただ「いはむかたなくまもりゐ給」（下・一〇〇頁八行～一〇一頁三行）うのみで、「常に抗《ママ》戦的挑戦的な勝気な性格をあらわにする」彼が不可解なことに「何らの言動にも及ばなかった」点とを挙げて、

いずれも、従来の「（右の）少将」＝「三位中将」と捉える認識によっては、ついに理解の得られなかったはずの箇条である。いわば、従来の読みによっては、作中人物の性格に破綻をきたすほかなかったのである。

と述べたあと、

作者は、いわば無機的に配した「三位中将」に有機的な能動を負わせることをしなかったし、できなかった。それを負ったのが「少将」だったのである。彼の能動こそが、つねに権中納言の実力の発揮を可能にしていたこと作中に暁然である。役割を了えた彼が作中から姿を消す（消される）場面、（中略）「らうらうしう愛敬づき」と評されているけれども、彼こそは、まさに敬愛すべき道化師であったのである。大いにおどらされたのではあったが、彼じしんは大いに踊って舞台をおりた。

との見解を示すに至る。とともに、三首の詠み手に関しては、順に中納言、三位の中将、（右の）少将だと解釈するのである。けれども、これらすべてが現存本文に幻惑された、否、呪縛された不合理な説であることは明らかだろう。

もはやいうまでもないことだが、金井論文があらぬ方向へと突き進んでしまった原因は、幻の登場人物「（右の）少将」の存在をあまりにも「素直」に認めてしまったところにある。

その根拠①についていえば、前段で右方の援助要請に対し「「ことにも侍らぬ。心の思はむかぎりこそは」と、たのもしうのたまふ」た三位の中将こそが、ただ一人主人公中納言と渡り合える貴公子という設定なのだから、当日「まだきにいどましげなる」態度も顕わにライバルへの対抗心を隠そうとしない「右の少将」とは、すなわち三位の中将その人としか解せないわけである。三位の中将の代りに気質と役割を同じくする彼より下級の別人が、彼をさし措いてここで突然登場するいわれはどこにもありはしないのだ。現存諸本にことごとく「右の少将」と記されているという理由だけでこのような無理を犯すことの方が、逆に「「素直」から ほど遠い読み」を招く結果になったといわねばなるまい。

一方、根拠の②も、一理あるかに聞えるがさにあらず。現存本文を金科玉条とするかぎり、三位の中将の「略称」は確かに「三位」(下・一〇四頁一行/下・一〇六頁七行)だけだが、『逢坂越えぬ権中納言』に出てくる「中将」は彼ただ一人なのだから、三位の中将は、位階を優先して「三位」とも、官職名を採って「中将」とも略称されえよう。つまり、三位の中将が「中将」という官職のみで表記されていてもいっこうに構わないわけである。そして、現存本文の呪縛からひとたび解き放たれてみれば、計三箇所の「少将」はすべて三位の「中将」であるべきことがおのずと理解できるに至るはずなのだ。金井論文はその誠実さがあだとなって、本論第一節末尾で指摘した現存本文の巧まざる〝罠〟に図らずも嵌ってしまったと評せようか。

これだけでも、「(右の)少将」存在説を否定するには十分かと思うが、もう少しだけ批判をつづけると、同論が「「(右の)少将」=「三位中将」と捉える」「従来の読みによっては、作中人物の性格に破綻をきたすほかなかった」事例として取り上げた二点に関しても、「従来の読み」に従って何ら問題はない。なぜならば、右方のリーダー格少将の君の発言は、三位の中将の性急さに対する（おそらくは親しい間柄ゆえの）軽いたしなめまたは揶揄に過ぎないのであって、彼を「おとしめ」たことばとはゆめ考えられないし、また、左方が最後に取り出した根のあまりのすばらしさに何もいえずただ見つめるのみであったというのも、その根がさしもの三位の中将ですら絶句するほかないほどの絶品であったことを強調したまでで、彼がそこで「何らの言動にも及ばなかった」のは、物語の展開上むしろ当然のことだったからである。

原点を見誤ると論が迷走するのは必定。だから、金井論文のその後の混迷ぶりについてはこれ以上の論評をさし控えることにして、次に、久下論文の方に目を移すことにしたい。

この論文は、「本文表現史」の視点から王朝物語に登場する「少将」のもつ意味を史実をも睨みながら広く追尋したものだが、『逢坂越えぬ権中納言』に関する部分ではまず、「根合当日（中略）挑戦的な発言をしたのが、諸本すべてが「右少将」となっているのに拘わらず、三位中将のことと解して「右の中将」と訂する悪癖を正した。これも姿を消していた「少将」の復活である」と金井論文の姿勢を評価したうえで、「この抗《ママ》戦的な「少将」は根合では右の方人で、左方の権中納言の根によって圧倒され、意気消沈していた。つまり、歌合では「四位少将、いかに、臆すや」と鼓舞される右の講師を勤《ママ》める四位少将なのであろう」との見解を提示する。しかるのちに、左方の披講された歌合歌「君が代の」歌は、おそらく左の方人の権中納言の詠で、中宮の長寿と繁栄とを予祝する体なのだが、その歌句「千ひろにあまる根をぞ引きつる」にたまりかねて、思わず三位中将が「なべてのと」歌を詠む。この敬意を表した儀礼的な歌を余りにも卑屈な感懐とでも解したのか、息を吹き返した四位少将が、菖蒲が生えていない奥州（福島県）の安積の沼から二、三日で持ち帰れるはずもなく、それは右方と同じ淀野に生えている菖蒲なのだから、本来優劣はつけられようもないと応戦する。こうした経緯を、片桐氏の言う如く正式な歌合歌としての詠出ではなく、二箇所の「のたまふ」からも推測できよう。さらに「いづれとも」歌を右の講師であるはずの四位少将が詠出する可能性も別に存するとしたら、決してルールを逸脱した行為ではなくなることになろう。

との読みを披瀝し、さらに、「長元八年（一〇三五）五月十六日関白左大臣頼通歌合（高陽院水閣歌合）」と「永承四年（一〇四九）十一月九日内裏歌合」とを挙げて、「講師の歌合への積極参加を認証できよう」として、「（右の）少将」＝「四位少将」説を補強しているのである。

ところが、久下論文は、そのように主張したすぐあとで、

さて『逢坂越えぬ』の「少将」（中略）がこうした史上の例によって講師を務める四位少将

である可能性がいっそう増すのだが、「君が代の」歌を権中納言詠とし、「なべてのと」歌を三位中将詠と認めた上で、少将詠「いづれとも」歌の意味内容を、稲賀説に従って「両者優劣なしと取りなした」[注9]と解するならば、それは抗戦（ママ）的な四位少将（道長的イメージ）ではなく、もう一人の「少将」、つまり蔵人少将の可能性も考えられるのではなかろうか。

云々とも述べていて、最終的に、混乱を招く事態に陥ってしまうのである。同論がここで「少将」＝「蔵人少将」とする別解に〝回帰〟しているのは、一篇の冒頭近くで中納言を宮中管弦の場へと誘った使者「蔵人少将」がその後物語の舞台から姿を消してしまい、歌合終了後の管弦の場面に至って突如再登場することへのそもそもの疑念に呼応する、あるいはさせるための予定調和的帰着だったのかもしれないが、とにかくこのような曖昧なかたちでの両説併記は困る。

もっとも、ここで肝腎なのは、久下論文に見られる〝動揺〟それ自体が、「（右の）少将」存在説の不合理をおのずから暴露しているということなのだ。謎の人物「（右）の少将」の正体はやはり、四位の少将でも蔵人の少将でもなく、三位の中将その人でしかなかったのである。

＊

以上、『逢坂越えぬ権中納言』の正確な読解を期するがゆえに、これ以上〝放置〟しておくことができない欠陥本文二箇所の〝復元〟に挑み、現存本文に殉じる読みを否定した。前掲金井論文は、「「逢坂こえぬ権中納言」は、後世のわれわれの恣意なる本文校訂や単なる思いつきによる読みなど容易に許さない、存外あなどれない作品であると、再認識して掛ったほうがよさそうである」と述べるが、事実はその逆であって、本文を可能なかぎり建て直してやらなければ安心して作品研究に取り組めない、〝傷ついた佳品〟としかいいようがないのである。

本論が提示した本文〝復元〟案等の当否については、もとより諸賢の判断に委ねるほかないが、『堤中納言物語』の各篇を論じようとする際にくれぐれも気をつけなければならないのは、その拠り所となる現存本文が思わぬ幻惑装置と化して、われわれを誤った方向へと導く危うさを、常時孕んでいるという点なのである。

注

（1）「『逢坂越えぬ権中納言』覚書」（「北海道大学文学部紀要」第四十五巻二号、平九・一）。

（2）ここで謳う〝復元〟とは、原作者（『逢坂越えぬ権中納言』の場合は禖子内親王家女房小式部）の書いた原本文（original）の幻視を必ずしも目指すものではなく、転写の過程で損傷ないし改変を蒙った現存本文を合理的推定のもとに可能なかぎりそれ以前の形に戻す冒険的試みの意である。念のため申し添えておく。

(3)諸本「いひすくす(＝過ぐす)」。「す」は「つ」の誤写(「徒」→「須」)とみて「いひつくす(＝尽くす)」に改めた。詳しくは、注1拙稿参照。

(4)平瀬本が「なよとよ」の二文字目「よ」を「ど」に訂正する以外、諸本の表記は「など、よ」。「、よ」ないし「とよ」は「てか」の誤写(「天可」→「、与／止与」)とみて「などてか」に改めた。「などか」(「可」→「、与」)の可能性もある。詳しくは、注1拙稿参照。

(5)第二節であらためて取り上げる片桐洋一「『逢坂越えぬ権中納言』の根合歌三首――「歌合の場」新考――」(「文学」第五十六巻第二号、昭六三・二。王朝物語研究会編『研究講座　堤中納言物語の視界』〔新典社、平一〇〕採録、片桐洋一『古今和歌集以後』〔笠間書院、平一二〕所収。本論での引用は著書に拠る)は、「『源氏物語』絵合に見られる絵合の実態は必ずしも明らかではなく、物語絵とそれに対応する和歌が合わせられて判が下ったかと想像されるだけだが、左方の平内侍の歌(中略)と、右の典侍《ママ》(中略)は、絵合に伴なう歌合において合わされた歌ではなく、方人の応援歌と見るべきものであろうと思われるのである」とするが、藤壺自らが帝付きの見識ある女房たちを「左右と方分かたせ給」い、「梅壺の御方には、平典侍、侍従の内侍、少将の命婦、右には大弐の典侍、中将の命婦、兵衛の命婦を、ただ今は心にくき有職どもにて、心ごころに争ふ口つきどもをかしと聞こし召して」(新編日本古典文学全集②・三八〇頁)いるのだから、彼女たちは物語絵の優劣を争う〝競技〟の紛れもない当事者である。内々に行われたこの物語絵合の〝方人〟は誰かといえば、間接的ながら双方の絵を用意蒐集したそれぞれの庇護者、すなわち、梅壺の女御（＝左）方は光源氏、弘徽殿の女御（＝右）方は時の権中納言（＝かつての頭中将）ということになろう。なお、『逢坂越えぬ権中納言』の中納言と三位の中将の関係が、『源氏物語』における光源氏と頭中将の関係を襲っていることについては、贅言を費やす要もないと思う。

(6)ちなみに、諸本における「みき」の字母は、高松宮本・宮内庁書陵部本・広島大学本・穂久邇文庫本が「三支」、平瀬本「美支」、島原本・榊原本「美幾」、三手文庫本「三幾」。なお、「為（ゐ）」→「支（き）」の誤写に関しては、別途「為（ゐ）」→「留（る）」→「支（き）」等の間接的経路を想定することもできよう。

(7)「解釈」第三十九巻第五号、平五・五。王朝物語研究会編『研究講座　堤中納言物語の視界』（新典社、平一〇）採録。本論での引用は前者に拠る。

(8)「学苑・日本文学紀要」第七百六十号、平一六・一。

(9)『新編全集』の頭注に「右方の講師の四位少将か。「講師歌ヲ読ム外ハ言ハズ」（八雲御抄・巻二）が故実だが、三位中将まで弱気になったのを「両者優劣なし」と取りなした。講師がルールを失念するほどの白熱した雰囲気。通説、「中将」の誤写で三位中将とする」とある。

6

『思はぬ方にとまりする少将』ところどころ

一

『堤中納言物語』は、『源氏物語』よりのちの物語作品としてはまさに異例といえるほど、多数の注釈書に恵まれている。しかしながら、その本格的な注釈の歴史はきわめて浅く昭和期を遡らないものであるし、何よりも、この短篇物語集の伝存状況自体が決して芳しいとはいい難いことが災いして、各篇の注釈には、いまだ不審な点が少なからず残されているのである。そこで本論では、その中の一篇『思はぬ方にとまりする少将』を俎上に載せ、従来の注釈では不正解ないし不正確であると考えられるいくつかの問題箇所について、本文の整定あるいは解釈に関する試案を提示してみたいと思う。

＊

語り手の前口上のあと、物語は次のように語りはじめられる。

大納言の姫君二人ものし給ひし、まことに物語に書きつけたるありさまに劣るまじく、何ごとにつけても、生ひ出で給ひしに、こ大納言も母上も、うちつづき隠れ給ひにしかば、いと心細きふるさとにながめ過ごし給ひしかど、はかばかしく御乳母だつ人もなし。

（下・一一七頁六行～一一八頁五行）

まずは、ヒロインとなる姉妹の紹介が行われるわけであるが、ここで問題となるのは、傍線を付した「こ」一字の存在である。「故大納言」が亡くなったという叙法そのものは別段奇異とするに当たらないのだけれども、この場合ははじめに「大納言」の姫君が二人いらっしゃったと記されていて、その間に齟齬が生じてしまうように思われるのである。

これについては、ひとまず二とおりの解決案が考えられよう。すなわち、「こ大納言」の「こ」を無用な文字と判断して本文から抹消してしまうか、逆に、最初の「大納言」の頭に「こ」を補うか、である。ちなみに、山岸徳平氏の『全註解』は前者の立場から、焦点の「こ」の字の由来に関して、直前の「給ひしに」の「に（仁）」の左右が分かれた結果、左半分が「に（尓）」右半分が「こ（己）」としてそれぞれ独立し、さらに、その「こ」に「古」あるいは「故」があてられるようになったものと推測しているが、これはあまりに強引な想定である。かりにその線で説明を試みるのであれば、むしろ「に（二）」の衍字を考える方がまだしも穏やかではなかったかと感じられる。

さて、以上のような処理の方法にもいちおう考慮の余地があるとは思うけれども、ここでは別に一案を示すことにする。それは、「こ（古）」はもと「ち丶（知丶）」からの転化であると想定する考え方であり、「古」[注1]の草体が「知丶」二文字に見誤られる可能性は十分にありうるものと思われる。そうであるならば、「ち丶」はむろん「父」の意であるから、本文は「父大納言も母上も、うちつづき隠れ給ひにしかば」と整定されることになり、先の不審がきれいに解消されるばかりか、直後の「母上」との対応からもたいへん望ましい形となるのである。『源氏物語』桐壺巻の「父の大納言は亡くなりて、母北の方なむ、いにしへの人のよしあるにて」（日本古典文学全集①・九四頁）などがさしあたり参考となろうし、またたとえば、『兵部卿物語』にはまったく同じ内容の事柄が、「昔ち丶大納言殿の領じ給ひし所」（鎌倉時代物語集成⑤・三五頁）とも、「昔こ大納言殿の領じ給ひし所」（同・三八頁）とも記された例が見られる。

二

両親を亡くして零落し、もの淋しく心細い日々を送る姫君たちであったが、やがて右大将の少将が大君に熱心に求婚してくるようになった。しかし、彼女には今や結婚など思いも寄らぬこととて、まったく取りあわないでいたところ、ある日、しびれを切らせた少将を、少納言の君とて、いといたう色めきたる若き人、何のたよりもなく、二ところ御殿ごもりたる所へ、導き聞えてけり。
（下・一一九頁五行〜八行）

という事態が発生する。

この部分で不審とせざるをえないのは、傍線部「たより」という語なのである。従来の注釈書はこの語の使用に何ら疑いをもたず、これを含む「何のたよりもなく」について、たとえば、「何の音沙汰もなく」（『評釈』『詳解』）、「何のついでもなく」（『大系』）、「少将がたずねて来る事に関して、姫君に対しては、何の案内もなく、突然に」（『全註解』）、「何の前ぶれもなく。裏に、少将とだけは十分に手はずを相談したことをにおわす」（『全集』『新編全集』）などと解いているのだが、これらはいずれも誤りである。正攻法ではいっこうに埒が明かない女に対して、男が侵入という強行策に打って出ようとする時、そもそも「音沙汰」も「ついで」も「案内」も「前ぶれ」も、あろうはずがないではないか。

結論を述べると、この「たよ（与）り」は「たと（止）り」の誤写とみなければならない。「たとり」は「たどり」で、思慮、配慮、詮索、躊躇などの意を表す名詞。問題の本文は「何のたどりもなく」と改訂されるべきで、少納言の君というたいそうちゃらちゃらした若い女房

が「何の分別もなく」少将を手引きした、と解するのが正しい読みなのである。参考までに挙げるならば、

・よし見給へ。何のたどりなく現はれて、うらみ聞えむ。（『有明の別れ』巻一／鎌倉時代物語集成①・三一三頁）

・何のたどりもなく、なびくけしきなれば（同／同・三二四頁）

・何のたどりもなく、近づき寄らせ給へる。（『我身にたどる姫君』巻四／同③・四〇頁）

などの用例を指摘することができる。なお、土岐武治氏の分類する第三門諸本（李花亭文庫本等）本文においては、問題の箇所が「たより」ではなく「たとり」となっていること（『注釈的研究』）も付言しておくべきだろう。

三

念願を叶えた右大将の少将は、故大納言の大君のことが、

おしはかり給にしも（注2）過ぎて、あはれにおぼさるれば、うち忍びつつ通ひ給ふ。

（下・一二〇頁四行〜六行）

のであったが、右傍線部本文「給にしも」はいかにも不審な本文である。この箇所に関する諸注の見解は、

A「タマフニシモ」と解する立場（『校註』『評釈』『新註』『全書』『新講』『詳解』上田『新釈』佐伯・藤森『新釈』『精講』『大系』『全註解』『全釈』『注釈的研究』『集成』）

B「タマヒニシモ」と解する立場（『全集』『対照』『全訳注』『完訳』『新大系』『新編全集』）

の二つに分かれているわけだが、残念ながら、そのいずれにも従うことはできない。

まずはBの考え方であるが、これはまったくの論外で、たとえば、「「し」「も」の助詞によって、姉君の愛らしさが、少将の想像を遥かに超えていたことがわかる」（『新大系』）といった解説も見られるが、この「タマヒニシモ」に明快な文法的説明を加えること自体、しょせん不可能な話ではないのだろうか。これに対してAの形であれば、一見問題なく意味が通じそうに見えるけれども、副助詞「しも」の用法にはやはり大きな疑問が残るのであり、むしろ「タマフ

ニモ」とありたいところである。

さて、私見によれば、ここは「に」と「し」の間で転写の過程における転倒が起こったと判断するのが妥当かと思われる。すなわち、「給にしも」は「給しにも」の転化本文だということであり、「し」は助詞ではなく、いわゆる過去の助動詞「き」の連体形にほかならないということなのだ。したがって、このあたりの本文は「おしはかり給ひしにも過ぎて」と整定されなければならないのである。今、参考例の一端を掲げておくと、

・聞こし召ししにもこよなき近まさりを、はじめよりさる御心なからむにてだにも、御覧じ過ぐすまじきを

（『源氏物語』真木柱巻／日本古典文学全集③・三七九頁）

・教へ奉りしにも過ぎて、あはれなりつる御琴の音かな。

（『夜の寝覚』巻一／日本古典文学大系・四八頁）

・春宮は、女御の御ありさまを、聞き給ひしにもやや立ちまさりて、まだしきに、すきまなくもてなし聞え給ふ。

（『苔の衣』／鎌倉時代物語集成③・一三三頁）

・何ごとも、かねて思ひしにいみじうまさり給へれば、御心ざしなのめならず。

（『恋路ゆかしき大将』巻一／同・二四三頁）

・聞きしにも過ぎて、尊くこそおはしけれ。（『徒然草』第五十二段／新潮日本古典集成・七一頁）

などがある。これだけの裏づけがあれば、もはや十分ではなかろうか。

四

もう一人の少将＝右大臣の少将は、大君が太秦に参籠する間隙を突いて、首尾よく中君のもとへ侵入するのであったが、その様子は次のように述べられる。

何のつつましき御さまなれば、ゆゑもなく入り給ひにけり。（下・一二八頁二行〜三行）

本文整定上の問題点は二箇所あるが、はじめに前半部について考えてみたい。この部分に対する諸注の見解は、

A本文を「何のつつましき御さまなければ」とするもの（『校註』『評釈』『新註』『全書』『詳解』上田『新釈』佐伯・藤森『新釈』『精講』『大系』『注釈的研究』）

B本文を「何の。つつましき御さまなれば」と区切るもの（『全註解』『集成』）

C本文はそのままで「何のつつましきことなき御さまなれば」と同意と考えるもの（『全釈』『全集』『対照』『完訳』『新大系』『新編全集』）

と、およそ三つに分かれているけれども、いずれも疑わしい。近年の理解はC説に傾いているようにも思えるが、「ことなき」の〝省略〟とはかなり苦しい想定である。たとえば『全釈』は、「「何の」という詞が自然下に否定を含む「ことなき」を予想させるので、当時こうした省略を行ったのではなかろうか」と説明するのだが、はたしていかがなものか。また、一部伝本に拠るA説も、文章として不自然。「何の」が呼応する打ち消しの表現には、大別して「～がナイ」型と「～デナイ」型とがあるが、「さまガナイ」というのでは、この文脈に明らかにそぐわない。残るはB説であるが、これに至ってはコメントの必要すらないであろう。

そこで思うに、この場合の「何の」は、上に述べた「～デナイ」型[注3]の打ち消し表現に呼応するものと判断されるべきではないのだろうか。つまり、傍線部「なれば」は「ならねば」の写し誤りということなのだ。「ね（祢）」と「れ（礼）」との誤写は十分に考えられるし、転写過程での「ら（良）」の字の消失（見落し）もよく起こる現象といえる。したがって、この前半部本文は「何のつつましき御さまならねば」と整定されるのが適当といえ、「格別憚られる（お邸の）御様子ではないので」と解釈されるべきなのである。[注4] 参考「何の石木の身ならねば」（『蜻蜻日記』上巻／新日本古典文学大系・六〇頁）、「何のところせきほどにもあらず」（『源氏物語』若紫巻／日本古典文学全集①・三二二頁）、「右近は、何の人数ならねど」（同玉鬘巻／同③・八一頁）、「われは、何のたのもしげある身の際にてもあらで」（『夜の寝覚』巻三／日本古典文学大系・二二八頁）、「何の思ひ出でならねど」（『有明の別れ』巻一／鎌倉時代物語集成①・三五四頁）、「何ばかりのいさみならねど」（『岩清水物語』上巻／同②・五〇頁）、「何ばかりの身にもあらぬを」（『八重葎』／同⑤・三九六頁）など。

ついで、後半部に移るが、ここで問題となるのは「ゆゑもなく」(注5)という表現である。諸注を参看すると、それぞれの底本に忠誠を尽して、「故もなく」＝「特別な支障もなく」（『全集』『完訳』『新編全集』）、「わけもなく」（『全註解』『対照』『全訳注』『集成』）などと解する趨勢にあるようだが、とても首肯しがたい。そもそも「ゆゑ」という語の語義は「わけ・理由」なのであるから、かりにこの形の本文に正しい訳を与えるとするならば、「何のいわれもなく」（『全釈』）とでもなるはずであって、「造作なく・簡単に」の意と見なす「わけもなく」とは根本的に「わけ」が違うのだ。では、「何のいわれもなく」といった解釈がこの場合正解かというと、もちろん否である。男が見ず知らずの女のもとへ不意に忍び込むのに、正当な理由も何もどだいあろうはずがないのだから。

ここはやはり、「神宮本・元禄本など「ゆくりなく」とする。字形からみて、「くり」が「えも」と誤写される可能性は多いから、その方がよいかも知れない」（『全釈』）との推定が正鵠を得ているのであって（ただし、誤写については「くり（久利）」→「へも（部毛）」を想定すべきであろう）、『評釈』『新註』等早期の注釈書にあるとおり、本文は文句なく「ゆくりなく」と定められねばならないところなのである。意味はいうまでもなく「不意に・突然・だしぬけに」。

五

「これも、いとおろかならずおぼさるれど、按察使の大納言聞き給はむところを、父殿いと急に諫め給へば、いま一方よりは、いと待ち遠に見え給ふ」（下・一二九頁三行〜七行）と、右大臣の少将と中君との逢瀬ままならぬその後の状況が語られたあと、問題の摩訶不思議な系譜紹介が行われる。

この右大臣殿の少将は、右大臣の北の方の御せうとにものし給へば、少将たちも、いと親しくおはする。（下・一二九頁七行〜一三〇頁二行）

諸注説明に窮している箇所で、その苦心のほどは、この本文前半を「この右大臣殿の少将は、右大臣の、北の方の御せうとにものし給へば」と読み、右大臣の少将は、右大臣が、右大将の北の方の御兄弟だったので、の意ととる近年の無理な解釈〔『全集』『全訳注』『集成』『完訳』『新大系』『新編全集』〕によく表れているといえるだろう。結局のところ、この部分はこのままでは明らかに解釈不能なのであり、どうしても伝来の過程において生じた混乱が存在すると判断せざるをえないのである。

その謎解き＝本文〝復元〟に際して重要な鍵を握っているのは、実は「少将たちも、」という表現なのであって、当該文脈における係助詞「も」の機能には十分留意する必要がある。すなわち、この「も」は、「少将たち」が昵懇の仲であることの原因たるべき別の人物同士の近親関係が、上においてすでに述べられていることを当然のごとく前提としているのである。そして、今かりに、問題の本文を、A「この右大臣殿の少将は、右大臣の北の方の御せうとにものし給へば」と、B「少将たちも、いと親しくおはする」とに区切ってみるならば、A部分とB部分との連係の論理は、

A＝〔親同士が親しい間柄である〕∴B＝〔その子供同士も親しい間柄である〕

と考えられるはずであるから、A部分の記述内容は、二人の少将の〔親同士が親しい間柄であ

る」ことの具体的説明でなければなるまい。

こうした見地から、ここでは思い切った本文整定案を提出しておくこととするが、まず第一に指摘できる点は、「右大臣殿の少将は」の傍線部「の少将」は後人のさかしらな補入であって、断じて本来的なものではないということである。なぜなら、親同士の関係を述べる部分にいきなりその息子が登場する道理はありえないし、万一そうであるならば、その呼称は「右大臣の少将」とあるべきで、「殿」は不要な表現のはずなのだから。よって、ここはもと「この右大臣殿は」であったと想定される。なお、「の少将」の補入は、「この」の指示対象が「父殿」ではなくその子の「少将」であると誤認されたことに、おそらく起因していよう。そして、つづく「右大臣の北の方」については、当然「右大将の北の方」の、よくある誤写だとみなければならない。

以上をあらためてまとめてみると、疑惑の本文は、

この右大臣殿は、右大将の北の方の御せうとにものし給へば、少将たちも、いと親しくおはする

となり、ここで述べられているのは要するに、「（少将ノ忍ビ歩キヲオ諌メナサッタ）この右大臣殿は、

右大将の奥方の御兄弟でいらしたので、（従兄弟同士ノ間柄トナル両家ノ御子息）少将たちも、たいそう親しい御つきあいをしておられた」という事柄だと理解することができるのである。こうしてみると、この系譜紹介の〝混乱〟は、「作者の錯誤」（『全集』）によるものでも、また、「この物語の展開を面白くさせる大切な系図上の作為」（『新大系』）でもないこと明白だといわざるをえないだろう。

六

運命のいたずらで大君とも逢うこととなった右大臣の少将＝権少将は、この偶然の出来事をうれしく思い、「いと馴れ顔に」女を掻き口説くのであった。その様子は、

かねてしも思ひあへたらむことめきて、さまざま聞え給ふこともあるべし。

（下・一三九頁二行〜四行）

と語られるが、ここで念のために確認しておきたいのは、傍線を付した「思ひあふ」という動詞の、この文脈における意味なのである。というのも、諸注を参照するに、この語は、「懸想

してたくらむ」（『評釈』）、「考え合わせる」（『新註』『新大系』）、「計画する」（『大系』『全集』『集成』『新編全集』）、「思いこらえる」（『全註解』）、「敢えて思う」（『全釈』）、「おもいをしとげる」（『対照』）、「計画したとおりに思いがかなう」（『全訳注』）などと、さまざまに解されていて一定しないからである。

そこで私見を示せば、まず、下二段活用の補助動詞「あふ（敢ふ）」は「十分に～できる」ほどの意に考えると当たるから、「思ひあふ」の場合には、上接する動詞「思ふ」の担う意味によってその語義は決定されるとみてよい。そして、「思ふ」には「予想する・予期する」の意があるので、ここは「十分に予期できる」くらいに解釈しておくのが適当ではないかと思われる。つまり、権少将は、大君ともいつしか契りを結ぶ日の来ることを、二人はこうなる運命であったことを、前々から十分に予期できていたかのごとく振る舞った、というのである。従来の見解の中では、「計画する」という訳語、あるいは、「予想しない人違いにも、当初からの意図であったと説明する」（『集成』）といった注が一見近いが、これでは作為性が強く出過ぎてよくない。

ところで、この「思ひあふ」という動詞は、実際には「思ひあへず」等の否定形で用いられることが圧倒的に多いのであるが、たとえば、

・大饗の儀式など、思ひあへたらむよりもかぎりなくぞ尽くさせ給ふ。

（『有明の別れ』巻一／鎌倉時代物語集成①・三六〇頁）

・夕立の晴れゆく空の雲間より思ひあへける夜半の月影

（『寂蓮法師集』一三四／『正治初度百首』一六三四・寂蓮）

・冬の来てかならず今日の初時雨思ひあへける神無月かな　（『宝治百首』二〇二五・藤原為継）

など肯定形の用例も認められ、これらは皆、先に述べた語義の範疇に納まるものばかりである。最後に、『源氏物語』胡蝶巻の「鳥には桜の細長、蝶には山吹襲賜はる。かねてしも取りあへたるやうなり」（日本古典文学全集③・一六五頁）という一節も参考までに挙げておこう。

七

それぞれの朝、二人の少将はともに互いの名を騙って姫君たちのもとへ後朝の歌を贈るのであったが、そのうち権少将が大君に手紙を届ける場面は、次のように描かれている。

いま一方にも、「少将殿より」とてあれば、侍従の君、胸つぶれて見せ奉れば、浅からぬ契りなればぞ涙川同じながれに袖濡らすらむとあるを、「いづ方にも、おろかにおほせられん」とにや。

（下・一四六頁二行〜一四七頁一行）

はじめに取り上げたいのは、「とあるを」の傍線部「を」であるが、この助詞はいかにも落ち着きが悪い。ゆえに、これを説明して「とあるよの意。此の物語は、これで終ったのである」（『全註解』）とする極端な見解まであったのだが、ここは、「も（毛／茂）」→「を（遠／越）」の誤写を想定するのが妥当であろう。（注6）そして、その「も」は文末の「とにや（あらむ）」と呼応して、「〜トアルノモ、〜トイウツモリナノダロウカ」の文脈を形成する関係にあると判断され、たとえば、

今は、いかにもいかにもかけていはざらなむ、ただにこそ見め、とおぼさるるは、「人にはいはせじ、われ一人うらみ聞えむ」とにやあらむ

（『源氏物語』宿木巻／日本古典文学全集⑤・三九四頁）

などと同型の構文と考えられるのである。

次に、「おほせられん」であるが、ここも釈然としない。本文をそのままに「仰せられん」とするのが通説のようであるけれども、これに拠ると、「おろかに仰せられん」は「いいかげんにおつしやらう」（『新註』）の意にしか解せないはずであるから、物語の前後の流れに照らしてみる時、やはり不審とせざるをえない。二人の少将は、どちらの姫君に対しても並々ならぬ愛情を抱いて煩悶しているのだ。そうした状況の中で、恋する相手に「いいかげんにおつしやらう」ことは、およそ考えがたいのである。本文を「仰せられず」に改め、「よい加減な（通り一遍の有りふれた）言葉におっしゃることが出来ない」と解釈する説（『全註解』）、あるいは、本文を「仰せられじ」に改め、「おろかならず思うとおっしゃるつもり」と訳す立場（『全訳注』）が生まれるゆえんである。

問題点は二つあるように思われる。その第一は、「いづ方にも、おろかにおほせられん」という表現全体は意味上、やはり打ち消しないし反語でなければならないということである。具体的本文〝復元〟案としては、①「いづ方にも」の「も（毛）」は「か（可）」の誤写である、②「いづ方にも」と「おろかに」との間に、もともとは「いかでか」等反語表現を形成することばが存在した、③「おほせられん」の「ん」は「じ」の誤りである、などの可能性を想定してみることができようか。②案にも心惹かれるが、今は、『全訳注』に同じく③の考え方を採っておくことにしたい。「し（之）」が「ん（无）」に誤られることは、一般的にはやや考えにくいかとも思われるが、その一例を紹介するならば、『とりかへばや物語』巻三で、失踪した女大将を男尚侍が本来の男姿に戻って捜索しに行く決意を述べる場面に、

女房などにも四五人よりほかは見え侍らねば、ありなしのけぢめ知りも侍らじかし

（新日本古典文学大系・二三一頁）

という箇所がある。この傍線部分が、陽明文庫本・伊達家旧蔵本では「ん」、宮内庁書陵部本・国立国会図書館本等では「し」となっていて、後者が文脈上妥当な本文といえるのである。(注7) この異同は、字体相似による単純な誤写というよりも、むしろ書写者の誤った文脈理解に原因があろうか。

その第二は、「おほせられ」は「おほされ」からの転化本文ではないかということ。つまり、「仰せられ」ではなく「おぼされ」が正しいと推測されるのである。なぜかといえば、「おろかに」を受けることばとして、「今宵もおろかにいはましかば、逃げなましを」（『うつほ物語』俊蔭巻／古典文庫・一一九頁）、「さもこそ、おろかにうち申したりつるに」（『夜の寝覚』巻五／日本古典文学大系・三三五頁）などのごとく、いわば〈イフ〉系の語が用いられるのは例外的なのであって、通常これに接続するのは、「例ならずおりたち歩き給ふは、おろかにおぼされぬなるべし」

（『源氏物語』夕顔巻／日本古典文学全集①・二二五頁）、「たぐひなき御ありさまを、おろかにはよもおぼさじ」（同行幸巻／同③・三一三頁）、「おろかにおぼされぬこと、と見奉れば」（同総角巻／同⑤・三一四頁）などのごとく、いわば〈オモフ〉系の語だからである。加えて、当該文脈にあっては、「仰せられ」よりも「おぼされ」の方がよほどふさわしい語ではないかという判断もある。「さ（左）」と「せ（世）」との誤写は認められてよいし、「さ」が「れ（礼）」の縦棒に連綿する部分が「ら（良）」一字に読まれる可能性も十分にあると思う。（注8）

さて、以上を総合すると、「浅からぬ」歌のあとの本文全体は、「とあるも、いづ方にも、おろかにおぼされじとにや」と整定されることになる。そして、「浅からぬ」歌の解釈、「にも」のニュアンス、「おぼされ」を一語とみるべきか否か、あるいはその主語を誰ととるのか、さらに、「じ」は推量なのか意志なのか等々、さまざまな要素が複合して厄介だが、これにしばらく試解を付しておくなら、「とあるのも、どちらの姫君とも、ご愛情浅くお思いにはなられないだろう、というつもりなのであろうか」とでもなろうか。

*

強い疑問を感じつつも、取り上げることをさし控えた箇所も少なくないが、それらは懸案にして、今はひとまず筆を擱きたい。古典の本文を注釈する際には極力現存の本文を尊重すべきであって、妄りに、あるいは、安直な思いつきによって、都合よく改変の手を加えることは厳に慎まなければならない。――それはもちろんであるが、たとえばこの『堤中納言物語』などのように、素性のよくない本文しか遺されておらず、かつ、参照に値する異本が存在しない作品に関しては、逆に、先の大原則を金科玉条として注釈作業に臨んでみたところで、そこにおのずから限界があるのもまた当然なのである。この物語が、注釈書の数の多さにもかかわらず、いまだに釈然としない部分を多く抱えたままであるのも、本文批判に対する積極的な踏み込みに欠けていたせいではないかと感じられる。その意味では、結果はともかく『全註解』の見せた姿勢はむしろ評価されるべきであると思うし、今後『堤中納言物語』の注釈を進展させていくためには、難解もしくは不可解な箇所のいちいちについて、まずは、それぞれの発想に基づく果敢な試案の提出が望まれ、さらに、それらを比較検討したうえで十分納得できる見解が認められた場合にはこれを採り（むろん、旧説の正しさがあらためて確認されるケースもあろうが）、そうして残された解釈上の問題点を可能なかぎり解消していくほかに道はないのではなかろうか。

注

（1）「こ」の字母は、高松宮本・宮内庁書陵部本・広島大学本・穂久邇文庫本・平瀬本・三手文庫本で「古」、島原本「己」、榊原本「故」。
(2)諸本の表記は、すべて「給にしも」。
(3)諸本の表記は、高松宮本・広島大学本・穂久邇文庫本・島原本・平瀬本・三手文庫本で「な礼は」、宮内庁書陵部本・島原本「な連は」。
(4)『新講』のみ本文を「例のつつましき御さまならねば」とするが、根拠は明示されていない。
(5)諸本の表記は、高松宮本・宮内庁書陵部本・広島大学本・穂久邇文庫本・島原本・榊原本・平瀬本「故もなく」、三手文庫本「ゆへもなく」。
(6)諸本の字母は、高松宮本・宮内庁書陵部本・広島大学本・穂久邇文庫本・島原本「越」、榊原本・平瀬本・三手文庫本「遠」。
(7)新大系本同頁脚注二九、鈴木弘道『とりかへばや物語 本文と校異』(大学堂書店、昭五三)三三八頁、田中新一・田中喜美春・森下純昭『新釈とりかへばや』(風間書房、昭六三)一三一頁校異欄参照。
(8)この部分の諸本の表記は、高松宮本・宮内庁書陵部本・広島大学本・穂久邇文庫本・平瀬本・三手文庫本で「おほ世良礼ん」、島原本・榊原本「おほ世良連ん」。

7

『はなだの女御』の〈跋文〉を考える——『堤中納言物語』の本文批判と解釈——

一

正確に解読されていない作品を、どうしてまともに論じられようか。——この素朴な疑問は年々募るばかりだ。それでも、『源氏物語』のように分量も厖大で、なおかつ、本文の揺れもさほどではない作品が相手ならば、たとえ〝地雷〟の存在に気づかずとも、それを踏むことなく無事目的地にたどり着いてしまう確率の方が高いだろう。だが、相手が『堤中納言物語』ともなると話はまったく別だ。ポピュラーな平安朝仮名散文の中でも、これはもっとも用心してかからねばならない〝地雷原〟の一つだからである。短篇ばかりで本文の損傷度も大きい。安易なガイド（注1）を頼りに目指す彼方へ渡ろうとするならば、あえなく傷つけられるのがオチだ。〝珠玉の短篇集〟などという曖昧な美称を冠して、お茶を濁している場合ではない。この作品の研究において今最優先されるべき課題は、各篇をできるかぎり正確に解読することなのである。そして、有効な批評や作品分析は、この課題が達成された暁にはじめて期待できる、そう考えるのが道理ではあるまいか。

さて、『堤中納言物語』に収められている十の短篇の中でも、とりわけ〝地雷〟埋設数が多く危険な作品が、本論で取り上げる『はなだの女御』なのである。そもそも、篇名からして諸説あって[注2]現在なお定まっているとはいい難いし、物語の本体部分にも、難読箇所がきわめて多い。だとすれば、それらについての精しい検討をまず済ませるのがものの順序かとは思うが、この問題に関しては、後日機会を改めて私案を提示することとし、[注3]以下においては、これまでもしばしば論点としクローズ・アップされてきた〈跋文〉部分[注4]をどのように読み解くべきかを考えてみたいと思う。ちなみに、『はなだの女御』の本体は、およそ次のような内容である。[注5]

ある好き者が里下がりした女房の家に忍び入ってかいま見すると、見知った女性たちが多勢集まっていて、それぞれあるじの君の風情を前栽の木草によそえて噂している。蓮《はちす》は女院、竜胆《りんどう》は一品の宮、擬宝珠《ぎぼし》は大皇《だいおう》の宮、紫苑《しおん》は皇后宮、中宮は桔梗《ききょう》、四条の宮の女御は露草、撫子《なでしこ》は承香殿、刈萱《かるかや》は弘徽殿、宣耀殿は菊、麗景殿は花薄《はなすすき》、淑景舎《しげいさ》は朝顔、御匣殿《みくしげどの》は秋萩…と続き、女御方への帝の御おぼえの劣り優りが歌で批評される。女性達が寝静まると、好き者は歌を詠みかけるが、応じないので帰って行った。女性達はみな姉妹や親族の間柄で、それぞれ別人の養女ということにして、親の意向で方々に宮仕えに出ていたのだ。

二

こうした話を締め括る『はなだの女御』の〈跋文〉はいったいいくつに分けて考えるのが妥当なのか、また、どこで区切るべきなのかについては従来種々の見解があり、それは〈跋文〉をどのように読み解くかという問題にも影響してくる重要なポイントでもあるが、本論では、これを三つに区分する立場に従い、まずはその第一部の本文批判と解釈の洗い直しを試みることにする（傍線を付した部分は、本文の改訂が必要だと思われる箇所である）。

> 内裏にも参らでつれづれなるに、かの聞きしことをぞ、「その女御のみやとてのどかには。かの君こそかたちをかしかんなれ」など心に思ふこと、歌など書きつつ手習ひにしたりけるを、また人の取りて書き写したれば、あやしくもあるかな。　（下・六五頁一行～七行）

ここでいう「かの聞きしこと」が、物語冒頭の語り手の前口上「そのころのことと、あまた見ゆる人まねのやうに、かたはらいたけれど、これは聞きしことなればなむ」（下・三九頁一行～三行）の「聞きしこと」を受けているのは自明。だが、この第一部の文脈理解にはこれまで二とおりの考え方があって今日なお決着していないのだ。突き詰めていうならば、「かの聞きしことをぞ」の係助詞「ぞ」で文が一旦終止しているとみるか、そうではなく下文に係っていくとみるかの相違なのだけれども、私見によれば、前者はあまりに不自然な措置であって、はっきり否としなければならない。すなわち、ここは「かの聞きしことをぞ」→「手ならひにしたりける」で本来係り結びが成立するはずが、つづく格助詞「を」への接続によってその結びが流れてしまったものと判断されるわけだ。となれば、「その女御のみや」から「歌など書きつつ」までは挿入句的に扱ってよい部分ということになる。以上が本節において考察を要する第一の点であって、「かの聞きしことを」「手習ひにした」主体は女房とおぼしき語り手であると考えられる。なお、挿入部分「心に思ふこと」の「心」は語り手の心中と解するよりほかなく、物語本体終盤の「この女たちの親」(下・五八頁一行)から「宮仕へ人、さならぬ人のむすめなども、はからるるあり」(下・六四頁八行〜六五頁一行)までが「心に思ふこと」の具体的記事に相当しようか。また、「手習ひ」に記される歌といえば、書き手自身の感情より発露したそれであるのが通例だが、この「歌など書きつつ」の「歌」は、語り手が「すき者」から聞いた歌の数々を指すと考えることが許されよう。

　第二点は、傍線部「その女御のみや」という本文の問題。「宮の女御」とあるならばまだわかるが、「女御の宮」はそれ自体いかにも異例な表現であり、そのまま放置しておくわけにはいかないのである。現行の本文に従った諸注がこの部分について納得のいく説明ができていないのも、無理からぬことだったというべきで、ここは誤写を想定する以外解決方法のない箇所だったのだ。要するに、元来は「その女御ゝのみや」「その女御このみや」などと書かれていたものが、転写の過程で踊字「ゝ」または「こ」一字が脱落してしまい、不審本文「その女御のみや」が誕生したと推測されるわけである。[注6] 当該本文の原形がかりに私見のとおりであったとすれば、以下一文は「その女御、この宮とてのどかには」と読めることになり、「その」と「この」、「女御」と「宮」がそれぞれ対比的に機能して文意明瞭となるのではなかろうか。そしてこのことは、次文の「かの君」までを視野に収めてみる時、よりいっそうはっきりとしてくるだろう。

　そのほかでは、最後の「あやしくもあるかな」も気になるところだ。ここは近年、「変なことになるのだよ」（『対照』）、「変な具合になってしまった」（『新編全集』）、「おかしな具合になってしまった」（『岩波文庫』）といった方向、つまり、自分の「手習ひ」を写した「また人」が勝手に改変してしまったので、当初の形とはかけ離れたものになってしまった、早い話が、台無しになったことに対する語り手の慨嘆と解されているようだけれど、おそらくそうではあるまい。そうではなく、この文脈における形容詞「あやし」は、「私の理解を超えている」すなわち、何の価値もない漫然たる「手習ひ」をわざわざ持って行って書き写すだなんてまったく「不可解だ」「気が知れない」、ほどの意を表しているとみるべきではないかと思うのである。また、「かの君」については、主人四条宮の女御を露草に喩えた五の君と特定する意見もあるが、その根拠が薄弱であるため、当面は誰と決めつけないでおきたい。

以上を踏まえて〈跋文〉第一部の整定本文とおよその訳文を示すと、次のようになる。

内裏にも参らでつれづれなるに、かの聞きしことをぞ、「その女御、この宮とてのどかには。かの君こそかたちをかしかんなれ」など心に思ふこと、歌など書きつつ手習ひにしたりけるを、また人の取りて書き写したれば、あやしくもあるかな。

〈宮中にも参上しないで（なすべきこともなせず）所在ないので、あの（すき者から）聞いた話を、「どこそこの女御様、宮様（といった雲の上の方々）だからって、平穏（な毎日をお過ごしなわけ）ではないのだなあ。あの女君がとりわけ器量よしであるようだ」など（私自身が）心中で思うことや、（すき者から聞いた）歌などを記しながらすさび書きにしていたのを、（どういうつもりなのだろうか）誰かさんが持ち去って書き写したので、まったく（その人の）気が知れないことだ。〉

三

ついで、第二部。

これら作りたるさまもおぼえず。よしなきもののさまを、そらごとにもあらず。世の中にそら物語多かれば、まことともや思はざるらむ。これ思ふこそねたけれ。

（下・六五頁七行〜六六頁三行）

右本文中の「よしなきもののさまを」には「よしなきもののさま哉」の異文があり優勢なようだが、[注7]「かな」では文意が解し難くなると思われるので、本論では「を」の方を是として採る。その前提のうえでこれ以下「思はざるらむ」までの文章構造を分析するなら、可能性としては次の二とおりの解釈が成り立とうか。一つは、「を」を格助詞（または順接の接続助詞）とみて「よしなきもののさまを」→「まことともや思はざるらむ」という受け渡しを認め、その間に「そらごとにもあらず。世の中にそら物語多かれば」が付加的に挿入されているとする解釈。もう一つは、「を」を逆接の接続助詞とみて「よしなきもののさまを、そらごとにもあらず」と「世の中にそら物語多かれば、まことともや思はざるらむ」の二文に分割できるとする解釈である。

二者を比較するに、前者に従った場合、「そらごとにもあらず」がどうしても宙に浮くことになって処理に困る。すなわち、「よしなきもののさまを、世の中にそら物語多かれば、まことともや思はざるらむ」と書かれているならすっきり理解できる文脈の中に、あたかも余計な要素が紛れ込んだかのような印象を拭えないわけである。たとえば、もともと「そらごとにもあらず。よしなきもののさまを」と記述されていたものが、ある書写段階でその順序が逆転してしまったと推断して前後を入れ替える、あるいは、「そらごとにもあらず」は「非空言」などの注記が本文化した不純物と見なしてこれを削除するといった手段を講じることもできなくはないのだろうが、やはり厳しいといわざるをえまい。これに対して後者ならば、「を」を逆接の接続助詞と解してよいのかどうか多少の疑念は残るものの（説明するまでもないことだが、接続助詞「を」は通常活用語の連体形を受け、体言に接続することは稀である）、前者に比して無理がないので、本論ではこちらの解釈を選択しておきたいと思う。

次に、はじめの一文「これら作りたるさまもおぼえず」である。ここの意味を、「書いているときの状況も記憶になく」（『集成』）、「書いた時のことも記憶になく」（『全集』『完訳』『新編全集』）などととるのは誤りで、「これら作った話のようにも思われない」（上田『新釈』）、「これら（の話）は作り装っているふうにも感じられず」（『全釈』）と解釈するのが正解。ただし、現本文のままでそのように読解することは不可能であって、「さまも」の部分は、「現ともおぼえずこそ」（『源氏物語』帚木巻／日本古典文学全集①・一七七頁）、「この世の事ともおぼえず」（同紅葉賀巻／同・三八七頁）、「親ともおぼえず」（同野分巻／同③・二五八頁）、「現の事ともおぼえず」（同手習巻／同⑥・二八九頁）などと同じく、また、後文の「まこととも」と等質な「さまとも」に改められねばならない。逆のいい方をするなら、格助詞「と」が欠落している現本文の忠実な解釈としては、先に「誤り」と裁定した見方がむしろ「正解」であり、改訂を加えない形から「正解」が導かれるというのはそもそもおかしな話なのである。本文転化の過程について説明するならば、本来「とも」と記されていたものが、「と（止）」と「も（毛）」の字体相似が原因して「と」一字の脱落を招いたという事態が容易に想定されるだろう。ほかに、「これら」も「これは」の誤り（「者」→「良」）ではないかとの疑いが残るが、こちらは、さしあたり現行のままでよしとしておきたい。

以上を踏まえて〈跋文〉第二部の整定本文とおよその訳文を示すと、次のようになる。

これら作りたるさまともおぼえず。よしなきもののさまを、そらごとにもあらず。世の中にそら物語多かれば、まこととも思はざるらむ。これ思ふこそねたけれ。

〔これらは（いかにも現実味のない話の趣だが）でっちあげの体とも思われない。たわいもない内容とはいえ、架空の話でもない。巷間には虚構の物語が溢れているので、（読者諸賢はこれもその類と見なして）実話とも思わないでいるだろうか。それを思うにつけほんとうに悔しい。」

ところで、右〈跋文〉第二部の設定上の筆者は誰だと考えればよいのだろうか。いちおうの可能性としては、①第一部と同一の人物＝語り手、②「手習ひ」を語り手のもとから持ち去り書写した人物＝「また人」、③特定不可能な第三者、の三とおりがあるが、右に定めた本文に拠るかぎり、①は自動的に消去される。とすれば、残る②か③かの二者択一になるのだけれども、第一部との脈絡から素直に導き出されるのはやはり②、すなわち「また人」だろう。そして、問題をさらに突き詰めるなら、自らの「手習ひ」を「また人の取りて書き写したれば、あやしくもあるかな」と嘆じてみせた第一部の書き手＝語り手と、その「手習ひ」がノンフィクションであることを保証し読み手が作り話と受け取ることを「ねたし」と思う第二部の書き手＝「また人」との間に、いきおい〝共謀性〟が浮上してくることになるのである。すると、この二者の結託が意味するものはただ一つ、「また人」とは「すき者」その人にほかならないということだ。語り手の「手習ひ」を「そらごとにもあらず」と断言できるのは、その材料を提供し自身が登場人物となる「すき者」を措いて誰がいようか。物語の書き手と当事者との共謀の図式がここにおいて成立するに至るのである。なお、前節で、語り手への情報提供者を「すき者」と特定した理由もこの点にあったことを、遅ればせながら告白しておかねばならない。(注8)

四

多くは、かたしつらひなども、この人のいひ、心かけたるなめり。誰ならむ。この人を知らばや。殿上には、ただ今これをぞ、「あやしくをかし」といはれ給ふなる。かの女たちは、ここには親族多くて、かく一人づつ参りつつ、心ごころにまかせてあひて、かくをかしく殿のことといひでたるこそ、をかしけれ。それも、このわたりいと近くぞあんなるも、知り給へる人あらば、「その人」と書きつけ給ふべし。(下・六六頁四行〜六七頁五行)

さて、いよいよ最難関第三部にさしかかった。はじめに第一文である。(注9)この文の基本的構造は「多くは」→「この人のいひ、心かけたるなめり」であって、その間に「かたしつらひなども」が挿入されているとみることに異論はないと思う。そこで主部の検討からはじめるが、その際まず押えておかなければならないのは、動詞「心かく」は「思いをかける」「恋慕する」の意にしか断じて解せず、これと連動して、直前の「いふ」の語義も「言い寄る」「口説く」

に決定される点である。したがって、「この人のいひ、心かけたるなめり」は、「この好き者が実際に言葉を交し懸想している女性のことなのだろう」（『全集』『完訳』『新編全集』）のごとく解釈するのがこの点で正しく、これを「この男が言い、心にとどまっている（通りの）ことであるようだ」（『対照』）のように読み解くのは誤りだということになる。しかしながら、これで問題が決着したわけではない。そしてそれは、残る挿入部分の本文批判と解釈いかんに深く関わっているのである。

焦点となる傍線部「かたしつらひ」は本作中随一の難解本文といえるが、はたしてここはどのような意味を表しているのだろうか。諸注の多くは、一部伝本に拠って(注10)これを「かたちしつらひ」に改めたうえで、「かたち」を女性たちの容姿・容貌の意に解している。そこまではさしあたりよいとして、どうにも埒が明かないのはつづく「しつらひ」である。なぜならば、この語を「装飾」（『大系』）、「調度の配置」（『対照』）などと解する立場は、語義上の問題はクリアできても物語本体に室内装飾や調度の描写はいっさい見られないために否とせねばならず、一方、「身だしなみ」（『全書』）、「身のこなし」（上田『新釈』）、「いきさつ」（『全訳注』）、「場面」（『全集』『完訳』『新編全集』）等々文脈から推し測って思い思いの訳語をあてる立場もまた、「しつらひ」の語義に不忠実な点でとても承認できないからだ。となれば、従来の考え方は一度ご破算にする必要があるといえよう。「かたちしつらひ」の本文を前提としていては、いつまで経っても問題の解決は図れないと思われるのである。では、どのような別の方策があるのか。

対する私案はこうだ、といい切れるほど自信のあるアイデアではないが、こう推量してみてはどうだろうか。すなわち、「かた」は「うた」の、「しつらひ」は「かたらひ」の誤写と想定するのである。草仮名「う（宇）」と「か（可）」が紛れることはしばしば認められる現象だといってよく、「かた（可多）」二文字が「しつ（之川）」に変貌する事態もありえたと考えられる。（注11）すると、不明本文「かたしつらひ」は「うたかたらひ」となり、「歌、語らひ」の意に解釈できることになろう。「歌」とは、作中で女性たちが詠んだ和歌であり、「語らひ」とは、親族関係に裏打ちされた彼女たちの親しいお喋りを指す。平安朝文学における名詞「語らひ」の用例はそれ自体稀少だが、ゆかりある人物同士の懇談の意味に解せるものとしては、『源氏物語』若菜上巻で紫の上が女三の宮との対面を申し出たのに対し、光源氏がこれをにこやかに許可する台詞「思ふやうなるべき御語らひにこそはあなれ。いと幼げにものし給ふめるを、うしろやすく教へなし給へかし」（日本古典文学全集④・八〇頁）に現れる例などを挙げることができようか。

挿入部分をこのように捉え直してみて再び主部に立ち返ると、こちらにも本文に手を入れるべきところが一箇所生じることになる。どこをどう改めるのかといえば、「心かけたるなめり」を、たとえば『古今和歌集』巻三夏歌巻頭歌（一三五）の左注「この歌、ある人のいはく、柿本人麿がなり」同様、所有を表す格助詞「が」を傍線部「たる」の下に補った形＝「心かけたるがなめり」に〝復元〟するのである。この措置を講じることによって、第三部第一文はようやく「（作中の）多く（の部分）は、歌や語らいなども、このすき者が（現に）言い寄ったり恋慕したりしている女性たちのものであるようだ」と読めるようになるものと思う。そして、書き手のこの推量はとりわけ、物語本体の「かの女郎花の御方といひし人は、声ばかりを聞きし、心ざし深く思ひし人なり」（下・五九頁五行～八行）から「いづれも知らぬは少なくぞありける」（下・六三頁三行～四行）までがもたらす情報に呼応しているといえよう。

つづいて取り上げるべきは、「殿上には」ではじまる一文の結び「いはれ給ふなる」で、問題は、「いはれ」の「れ」の用法にある。ごく一般的にみて、こうした場合の助動詞「れ」は受身の意になる可能性が高いのだけれども、それでは、同文中の「これ」を「この作品」ととるにせよ、「すき者」ととるにせよ、文全体がまったく意味不通となるために、諸注疑義を呈しながらも、これを尊敬の用法と説明せざるをえなくなっているのが現状なのだ。しかし、尊敬＋尊敬の「れ給ふ」はとうてい認められる語法ではない。受身でも尊敬でもないとなれば、残る選択肢はただ一つしかないだろう。つまりこの「れ」は、

・おぼしもあへず、「こは誰そ」といはれ給ふ御けはひ、世に知らずらうたげなり。

（『狭衣物語』巻二／日本古典文学大系・一二九頁）

・「心こそ野にも山にも」といはれ給ふは、いかなるべき御ありさまにか。

（同／同・二〇二頁）

・大皇宮は、これを聞し召すままにも、「いかで、かく心のままにては見聞かむ」といはれさせ給へど

（『夜の寝覚』巻五／日本古典文学大系・三八六頁）

等々と同じく、いわゆる自発の用法とみるのが妥当な判断だったわけである。そうするとこの一文は、「殿上の間では目下、この作品について「風変りでおもしろい」と（雲上人たちが）思わず讃辞を漏らしていらっしゃると聞く」くらいに解釈できて、何の不都合もなくなるのではあるまいか。

さらに、本文批判の観点からもう一箇所〝復元〟案を提示しておきたい。それは終末近くにある「あんなるも」の傍線部「も」で、ここは「を（遠／越）」から「も（毛／茂）」への転化が確実視されるところといえよう。文脈から考えて、係助詞「も」の使用は不適切であり、順接の接続助詞「を」の方が断然ふさわしい。このあたりは、「近くぞあんなる」と本来係り結びが成立するはずのところへ「を」が下接して以下へとつづく構文になっているわけであって、最後の一文は、作中に登場する女性たちも「このわたりいと近くぞあんなる」ので、もしご存知の方がいるなら彼女たちの実名を「書きつけ給ふべし」と述べているのである。念のために

付言しておくなら、「遠」と「毛」の草体、あるいは「越」と「茂」の草体同士が、字体相似が原因で交替する現象は何らめずらしいものではない。

以上を踏まえて〈跋文〉第三部の整定本文とおよその訳文を示すと、次のようになる。

多くは、歌、語らひなども、この人のいひ、心かけたるがなめり。誰ならむ。この人を知らばや。殿上には、ただ今これをぞ、「あやしくをかし」といはれ給ふなる。かの女たちは、ここには親族多くて、かく一人づつ参りつつ、心ごころにまかせてあひて、かくをかしく殿のことをいひでたるこそ、をかしけれ。それも、このわたりいと近くぞあんなるを、知り給へる人あらば、「その人」と書きつけ給ふべし。

〔(ここに書かれていることの)大部分は、歌や(縁者同士の)お喋りなども、このすき者がいい寄ったり恋慕したりしている女性たちのものであるようだ。いったいどこの誰なのだろうか。このすき者(の正体)を知りたいものだ。(宮中の)殿上の間では、目下この作品について、「風変りでおもしろい」と(雲上人たちが)思わず知らず感嘆の声を漏らしていらっしゃるという話である。あの女性たちは、この邸には親族が多数いて、このように一人ずつ(別々の出仕先に)参上しながら、それぞれの気の向くままに(お互いに)会って、書かれていたように興味深く(各自の主人の)お邸の実態を口に出したのは、まさにおもしろい。

彼女たちも、この近辺に（住んで）いるという話なので、（その素性を）知っていらっしゃる方がいるならば、「どこそこの誰それ」と注記していただきたい。」

なお、第三部の設定上の記し手については、この物語を共時的に享受した読者某であるとみておくのがとりあえず無難なところかもしれない。ただ、そのように漠然と規定して済ませるには少々気にかかる点がある。その第一は、単に「かの女たちは、親族多くて」と書いてもよかったものを、わざわざ「ここには」と断っていることへの疑問。「ここ」が物語の舞台となった邸を指していることは動かないが、それならばなぜ「そこ」ではなく近称の「ここ」が用いられたのだろうか。この書法は、あたかも「ここ」が記し手の住居であるかのような印象を与えずにはおかないはずだ。そして第二は、最末尾の一文「それも、このわたりいと近くぞあなるを、知り給へる人あらば、「その人」と書きつけ給ふべし」で、その筆致からは、記者がほかならぬ当事者であることを白々しく韜晦し、読者に対して挑戦的言辞を投げかけているかのような気息が察知できる点である。これらを要するに、〈跋文〉第三部の記し手は、「すき者」に垣間見された「かの女たち」のうちの一人（誰と特定はできない）ではなかったかと思われてくるのである。もしこのような読みが許されるとするならば、はじめの一文「多くは、歌、語らひなども、この人のいひ、心かけたるがなめり」は、本篇の内容が事実であることを当事者が保証する、いわば〝証言〟としての役割を果たすことになるだろう。なお付言するならば、「誰ならむ。この人を知らばや」という第三者的発言も、わざとらしいはぐらかしにほかならない。前節で述べた語り手と「すき者」との共謀に、もう一方の当事者である「かの女たち」のうちの一人が加担する、そうした構図がここに至って完成するのである。

五

究極の難読作品『はなだの女御』。その〈跋文〉をこのように読み解いてみた。まずは、本文批判、本文解釈といった基礎的次元における新しい解読に努め、その結果を前提としてさらに〈跋文〉の作品論的解釈にまで踏み込んでみたわけである。

あらためて述べておくと、前者については、「その女御の宮」を「その女御、この宮」に改訂するなど計五箇所の本文〝復元〟案と、「あやしくもあるかな」や「いはれ給ふなる」に関する別解を新たに提出した。また、後者においては、第一部をこの物語の語り手、第二部を「すき者」、第三部を物語本体に登場し「すき者」に垣間見された女性たちのうちの一人によって書き記されたものとみ、そうした設定の裏には、語り手と登場人物かつ視点人物たる「すき者」による共謀の構図をまず浮上させ、加えて、語られた側の女性の〝証言〟により一篇の事実性をより強固に保証する仕組みを築き上げる、という強かなもくろみがあったのではないかと考えた。さらなる深読みが許されるならば、第一部の語り手は第三部の当事者女性と同一人物であると見なすことも可能であろう。

以上が、かなり冒険的ないし過激な提案となったことはもとより承知している。私もまた〝地雷〟を踏んでしまったに違いない。ただ、一つだけ強調しておきたいのは、『はなだの女御』というどこかつかみどころのない作品に添えられた〈跋文〉は、この一篇の本質を理解するうえで、たいへん重要なウエイトを占めているとの確信がいよいよ深まったことだ。今後ますます多様な視点からの議論が期待されるところである。

注

(1)昭和の最初期にはじまった『堤中納言物語』の本格的な注釈の歴史はまだ九十年弱と浅いが、その割には今日まで相当数の注釈書が編まれてきており、それらの内実は、奇妙な道標が随所に立てられたものから、安全運転に終始するものまでさまざまだけれども、いずれにせよ一書として信頼するに足るものはない。だから、この物語集全体ないし各短篇を個別に論じるにあたって、その本文や解釈を既成の注釈書に依存することは即刻やめるべきである。一部の自覚的論者たちがすでにそうしているように、今後は自らの責任と判断でしかるべき本文を定め、しかるべき解釈を施したうえで、持論を展開しなければならないだろう。
(2)今、『岩波文庫』の「解説」から便宜引用すると、「〈題名〉諸説あるが大別して、(1)はなだ-縹（露草の異名）・花田と見る、(2)はな〲の踊字の誤写として「花々」とし、「女ご」を「女御」に誤ったと考える――の両説がある。多くの女性を草花に譬えており、縹を題名にした（清水泰『堤中納言物語評釈』）、花の咲き乱れている田を数多くの女御に譬えた（藤田徳太郎『岩波講座・日本文学』）――との説。また「はなだ」に愛情関係の象徴を見るとして、四条の宮の女御（露草に譬えられる）に仕える五の君に、男が深く懸想している気持を題名に含んだとする説（土岐武治『堤中納言物語の研究』）や、催馬楽「石川」の歌詞にもとづいて、「縹」「絶ゆ」の縁語関係が成立し、『うつほ物語』俊蔭の巻をも引用しながら、帝寵の薄い女御に関心を持つ好き男の物語と見る説（三角洋一『堤中納言物語 全訳注』）などが縹・花田説の主たるもの。また美しい花々に擬せられた女性たちを題意とする説（山岸徳平『堤中納言物語全註解』）、「はなだの女ご」と考え、花色・山吹・口なし・女郎花――の連想から、女郎花の御方（右大臣の中の君）を口にした姫君をさす題名と見る説（稲賀敬二『堤中納言物語』）などが後者に属する」（一六三～一六四頁）といったぐあいである。私も、篇名については目下これといったアイデアをもっていないので、近年の慣行に従ってしばらく『はなだの女御』と表記する。

(3)その一斑は、拙稿「『はなだの女御』覚書――『堤中納言物語』の本文批判――」(「北海道大学文学研究科紀要」第百四十七号、平二七・一二)においてすでに開示している。

(4)小島雪子「「はなだの女御」論――「聞きし事」と「心に思事、歌など書つゝ手ならひにしたりける」のあいだ――」(「宮城教育大学紀要(人文・社会)」第三十一巻、平九・三)、下鳥朝代「「思はぬ方にとまりする少将」と「はなだの女御」――末尾表現に着目して――」(物語研究会編『新 物語研究 5』若草書房、平一〇・三)、櫻井学「姿を変える書く主体――「はなだの女御」跋文の方法――」(「日本文学」第五十九巻九号、平二二・九)などの論がある。

(5)以下の要約は、『日本古典文学大事典』(明治書院、平一〇)「堤中納言物語」の項(三角洋一氏執筆)に拠る。

(6)管見の範囲では、広島大学本に基づいた『全訳注』が、底本「ゝの女御のみや」(八・一〇ウ)を「その女御、かの宮」と改めているのが、私見にきわめて近い。

(7)『校本』一三三頁参照。

(8)注4に挙げた下鳥朝代氏の論も、「表現の中に仮構された「作者」」を「「好色者」から直接話を聞いた人物」と理解し、この物語が「事実であることを強調するためには、「好色者」から直接話を聞いたという形で情報の伝達経路を明示することがのぞましい」ことを指摘している。

（9）下鳥朝代氏前掲注4論文に、この部分に関する誠実な考察が見られる。以下の私見と対比しつつ参照されたい。

（10）『大系』に拠れば、静嘉堂文庫蔵函碕文庫本・無窮会神習文庫蔵清水浜臣旧蔵本・京都大学附属図書館蔵伴信友校本・静嘉堂文庫蔵富士谷御杖本で「かたちしつらひ」（補注一八三）。

（11）参考までに触れておくと、池田亀鑑『古典の批判的処置に関する研究』（岩波書店、昭一六）第二部には、「可」から「之」へ、「多」から「川」へ双方の誤写が可能性として表示されている（三九四頁、四〇四頁）。

8

『堤中納言物語』書名試論

一

ドウシテ「中納言」ナノダロウ。この十の短篇（と一つの断章）からなる物語集は、何ゆえ『堤中納言（物語）』と名づけられたのであろうか。——それが全篇を貫く主人公の官職に因むものであるならば、はじめから何の問題も生じはしない。だが、これはそうではないのだ。各篇の「主人公」で「官職」を有する者とて一とおりではなく、はては僧侶ときている。ならばその書名は、『堤中将（物語）』でも『堤大納言（物語）』でも別段よかったようなものである。だのになぜ、それは『堤中納言（物語）』でなければならなかったのだろうか。

そのようなことをぼんやりと考えていたとある日、「中納」という文字面がなぜか急に気になりはじめた。——そうだ、そこが急所なのではないか。試みにこれを訓読するならば「中ニ納《をさ》ム」または「中ニ納《い》ル」と読める。とすれば、その上は「裏（包）」で決まりだ。「裏（包）ノ中ニ納ム（＝納ル）」——ひょっとして、変体漢文としてならいけるかもしれない。要するに、それは〝ことば遊び〟だったというわけだ。

二

ワレナガラバカゲタ思イツキダ、となかば自嘲しつつも、ものは試し、さっそくその手の資料——主として平安後期から鎌倉初期にかけての古記録類(注1)——を片っ端からひっくり返してみた。すると、手がかりがないでもない。そこで、その結果集めることのできたデータをいくつかのグループに分類して段階的に掲出しつつ、以下の論を進めていくことにしようと思う。退屈きわまりない用例の羅列が多くを占めることになってたいへん恐縮だが、しばらくの間何とぞご辛抱いただきたい。

さて、手はじめに、次の二項四群を見ておこう。

I—A【「〇〇(ノ)中ニ納ム(=納ル)」と読める例】

①關白殿所二進給一之連着鞦二具、只今差二下家司某丸一下給、則納二神寶唐櫃中一了、色目官符并使官符予加レ署奉レ陣了、(中略)午時許官符還來、慥納二唐櫃中一了

(『中右記』嘉保二年九月七日/①・二八七頁上)

②天晴、關白殿若君、於二批把殿一有二御元服事一、(中略)櫛巾、〔檀紙五枚、(中略)箏刀一

納レ之、置二打亂筥蓋上一、或説、物具入二打亂筥蓋一、納二櫛巾中一云々、人々□不同也、
但依二寛治二年記一、櫛巾之外有二打亂筥一也、〕兵部大輔師俊取レ之

（同嘉承二年四月二十六日／③・二一一頁上）

③今日尊號御封御随身令二辭申一給也、大貳實光作二報書一、（中略）頭辨宗成取レ之持二參殿下一、内覧奏聞之後、納二日記御厨子中一了

（同保延元年十二月二十九日／⑦・一七一頁下）

④次僧正被レ進二贈物一、本院御料、三衣令レ置二弘法大師袈裟筥一、又巨勢金丘繪様以レ錦裹レ之、貫レ玉作レ之、相傳、日来注二別紙一納二筥中一、於二塔東面戸一取レ之、就二御所一被レ進

（『長秋記』大治二年十一月四日／①・二〇二頁上）

⑤次御表巻調、裹懸紙等、納二筥中一、以二檀紙四枚一〔上下各二枚、〕裹レ之

（『兵範記』保元三年八月十一日／②・三二二頁下）

⑥沓取進士持來、下官女房受レ之、納二唐櫃内一了

（同保元三年二月九日／③・一九頁下）

⑦被レ獻二佛舎利一所、総五十ヶ社也、（中略）賀茂已下、舎利許也、各一粒、入二銀小筥一、其上裹レ紙、納二小塔中一

（『玉葉』建久三年三月十日／③・七九八頁上）

⑧以二紫染物造手箱二合一、〔各笠六納二其中一、〕置レ之

（『明月記』寛喜二年正月十五日／③・一六四頁下）

I―B【「〇〇ノ中ニ入ル」と読める例】

①次陪膳取二御脇息上手巾一、如レ本帖入二筥中一（『兵範記』久壽三年正月三日／②・六六頁下）

②次覧二清書宣命一、相二副位記一、〔入二一筥中一〕（同保元二年三月二十日／②・一八一頁下）

③先取レ表、撤二禮帋一、入二筥中一、取レ表見レ之（『玉葉』嘉応三年正月四日／①・一三六頁上）

Ⅱ—A【「○○（ノ）裹ニ納ム（＝納ル）」と読める例】

①如レ此之兒惣不レ可レ經レ日、須二明日寅時一可二出送一者、以レ穀〔隨レ有、〕爲レ衣、又納二手作裹一、又納レ桶云々（『小右記』正暦元年七月十二日／①・二二五頁）

②次御加布施等、（中略）御前僧廿口、護摩僧四口、各鈍色装束具、〔納二織物裹一、〕（『兵範記』久壽二年八月二十七日／①・三四六頁下）

③次下官起レ座向二東方一、插レ笏取二裹物一、〔直衣装束一具、納二濃織物裹一〕（同保元二年十一月十一日／②・二八八頁下）

④件御装束裹レ之、置二大床子西方御厨子前一也、本御装束、親信朝臣帖レ之、納二彼平裹一（『玉葉』嘉応三年正月三日／①・一二七頁上）

⑤鈍色装束一具、直垂一領、〔練色、納二赤黄織物裹一、盛二柳筥一、置二土高坏一〕（『吉記』承安四年二月三十日／①・三七頁下）

⑥法服一具、鈍色装束一具、〔納二織物裹一〕（同壽永二年二月十七日／②・一一頁下）

⑦頼武給、八月五日給レ之云々、色目、單重五領、〔色々、納二平裹一、〕（中略）頼次給、單

重五領、〔色々、〕納二平裏一　（『明月記』建保元年七月二十五日／②・三〇一頁上）

Ⅱ—B【「裏ニ入ル」あるいは「〇〇（ノ）裏ニ入ル」と読める例】

①女房祿法、（中略）典侍四人、〔古き打衣一重、古き袴裳、唐衣、各入レ裏、此中御乳母二人、長絹五疋副、殘二人凡絹十疋相加、〕　（『中右記』承徳二年十二月八日／②・一三九頁上）

②又從二關白殿一御使、〔從二本所一、御烏帽子一入二御冠筥一、又白御衣三領許入二白生絹裏一、持二參之一、〕人々退出　（同元永元年十一月二日／⑤・八九頁下）

③直衣、指貫、冠入レ裏相具、素服自レ本入二折櫃一相具　（『殿暦』永久二年八月六日／④・一一四頁）

④右京大夫有賢、取レ釵置二帥前一、〔細釵、付二平緒一、入レ裏〕　（同永久四年九月二十六日／④・二六〇頁）

⑤次贈物、按察、治部卿、民部卿廻二北面一取レ之、御手本御琵琶入二錦裏一、御琴入レ裏　（『長秋記』天治元年正月五日／①・一九一頁上）

⑥藏人左少辨光房進二位袍一、入二赤色織物裏一、盛二蒔繪衣筥蓋一　（『兵範記』久安五年十月十九日／①・三〇頁上）

⑦直衣御裝束一襲、〔入二生絹御裏一、〕置二陰陽師前一　（同久壽二年九月十九日／②・一〇頁下）

⑧次祿、惣在廳被物三重、單重、生袴、〔入レ裏〕　（同仁安二年四月二十六日／③・一九八頁上）

⑨赤色織物唐衣、濃打衵、裏濃蘇芳衵一領、青單衣、濃張袴、赤色扇、地摺裳、已上堀川大納言、〔入₂織物裏₁〕

（『玉葉』元暦元年十一月二十二日／③・四九頁上）

両項のB群は参考資料的意味合いから掲げた。これら古記録類における「納」と「入」との用法に実質的差異がほとんど認められないためである。したがって、ここではA群の分析結果のみを簡単にまとめておくと、まず、Ⅰについては、「櫛巾」②、「筥」④・⑤、「手箱」⑧、「唐櫃」①・⑥、「厨子」③、「小塔」⑦と収納場所の違いこそあれ、〈納—中（内）〉の形が共通して用いられていることが知られる。また、Ⅱに関していえば、「裏ニ納ム（＝納ル）」というういい方が確認できたほか、こちらも「織物裏」②・③・⑤・⑥、「平裏」④・⑦、「手作裏」①と「裏」の種類に違いはあるものの、すべて〈納—裏〉の形を踏んでいることがわかった。漢文としては、Ⅰ・Ⅱともに正格の用法である。しかし、当然のことながら、これだけではまだまだオハナシにならない。

三

モット有効ナ例ハナイモノカ。——そこで、現時点で調査の網の目にかかったより重要と思われる用例、すなわち、〈中納〉・〈中入〉、および〈裏中〉の形を次に紹介しよう。

Ⅲ—A【「○○ノ中ニ○○ヲ納ム（＝納ル）」と読める「中納」の例】

①今日上皇令レ參二賀茂社一給、〔金銀幣并塔中ニ納二舍利一令レ奉給〕
（『殿暦』天永二年四月二十八日／③・一四二頁）

②薫物使、本院使二右少将公教朝臣一、沈打亂筥、蓋銀松枝居レ鶴、其中納二薫物一
（『長秋記』大治四年正月九日／①・二二〇頁上）

③定文者、家司下二奉行職事一、職事下二所司一、所司侍所上障子押二紙一枚一、其中納二（言）定文一、是故實也云々
（『玉葉』治承二年十月十六日／②・一八二頁上）

④立二風流壺厨子一脚一、〔以二花田唐綾二段一造レ之、〕厨子上二層居二風流菓子十合一、（中略）厨子中納二生綾六十疋、〔加二單文十疋宛一、〕長絹廿五疋、紅絹廿巻、〔袴十料、〕一
（『明月記』建仁三年十二月十日／①・三三九頁上～下）

Ⅲ—B【「○○ノ中ニ入ル」と読める「中入」の例】

①藏人左少辨經成、爲二關白御使一、令レ持二大破子四荷一、參二臺盤所一、其破子之體以二薄物一張レ之、採色莊嚴、太以微妙也、其中入物者、染張綾百疋同絹百疋也、各入二五十疋一云々
（『春記』長暦四年十一月二十三日／一三八頁上）

②上達部著二螺鈿釵一不審事也、河螺螺鈿釵者、文ノ像ハ以レ金造レ之、其中入二水精若瑠璃一、宇治殿御釵傳二持之一

（『玉葉』嘉禎三年七月五日／四七〇頁上）

いずれも注目に値する例ばかりだと思うが、中でもとりわけ興味深いのはAの③の『玉葉』の記事ではなかろうか。活字本ではご覧のとおり「中納」の下に「言」の字が補われているのだけれども、ここはあくまで「定文《さだめぶみ》」の「故實」を記した箇所なのだから、当然「定文ハ、家司、奉行ノ職事ニ下ス、職事、所司ニ下ス、所司、侍所ノ上障子ニ紙一枚ヲ押シテ、ソノ中ニ定文ヲ納ム、是レ故實也ト云々」とでも読まれるべきところであり、本文を「其中納（言）定文」に作るのは明白な誤りだ。が、このケースの場合、「定文」の字面がたまたま人名にも解せるものであって、しかも、その直前に「中納」の文字が置かれているのであってみれば、ほとんど反射的に「言」一字が挿入されたとしても何ら不思議ではない。当面の問題を考えるうえでたいへんおもしろく感じられるのは、人間のそうした心理作用にほかならないのである。

Ⅳ【「裹ノ中」と読める「裹中」の例】

適到來摺袴之内、小々無二平裹一云々、件袴加二入他人之裹中一、於レ家調二加袴一又如レ此

（『明月記』正治元年二月二十一日／①・八四頁下）

このパターンについては、今のところ右『明月記』の一例しか目に触れていないのだけれども、一般的に考えておおいにありえた表現ではなかったかと思われる。ここはあいにく定家自筆本の伝わっていない部分だが、「件ノ袴、他人ノ裏ノ中ニ加ヘ入ル」の本文は信用してよいだろう。

残念ながら、今回「裏中納」の例そのものを拾い出すことはできなかったわけだが、以上のⅢとⅣを関連づけ組み合わせることが許されるならば、「裏ノ中ニ納ム」あるいは「裏ノ中ニ納ル」という表現の可能性は、理屈からして十分に認めうるものと考えられるのである。

なお、念のため実際に手本や書物を「裏」んだケースを紹介しておくと、たとえば以下のような例がある。

Ⅴ―A【「手本」類を「裏」んだ例】

①及二午後一参二御堂東宮一、以二子剋一遷二御大内一、仍有二御送物用意一、〔摺本文集一部、同文選一部、各裏二村濃薄物一、付二銀枝一、又作二笊籠二合一入レ絹、女房料云々、〕自二御堂一可レ被レ奉云々

（『左経記』萬壽二年七月三日／一四九頁下）

②頃之威徳退出、賜二手本一、〔以二黄浮線綾色々一裏レ之、付二銀枝一、不レ入レ筥、〕予示二威徳

可レ取レ之由一、仍取レ之
（『殿暦』康和五年十二月九日／①・二六九頁）

③次新院御送物、大師御自筆十八通、裹レ以二黄錦一、付レ以二白金一
（『長秋記』大治二年十一月四日／①・二〇二頁上）

④進二銀薄様一、乃返給、予裹二御手本一、〔繪二巻、〕置二玉柳筥一、以二唐組一結二其中一進レ納
（同長承三年十二月五日／②・二三九頁上）

⑤次有二御贈物一、御手本、〔道風眞跡樂府一巻、納二銀筥一、裹二二倍織物一、以二玉緒一付二銀松枝一、左府令レ取給レ之〕
（『兵範記』仁平二年八月二十九日／①・一四八頁上）

⑥有二御對面一、御對面訖之間、有二御贈物一、〔道風手跡一巻、予進レ之、以二赤地錦一裹レ之、裹花田唐綾、〔有二下繪一〕、面廻二押組一、付二銀松枝一、以レ組結レ之、〔仁荅ヲ結〕、〕
（『吉記』壽永元年六月二十七日／①・二八七頁下）

⑦今日、一昨日院所レ召之手本、以二基輔一進レ院、付二定能一可レ進之由所レ仰也、〔手本四巻、大文字一巻、合五巻也、〕以二檀紙一裹レ之、置二硯筥蓋一進也
（『玉葉』承安元年九月七日／①・一五八頁下）

⑧余志與二手本二紏一、〔和字漢字各一紏、行成中宮宣旨等筆也、〕裹二紅薄様一
（同元暦二年五月三日／③・八一頁上）

⑨小童引出物、銀洲濱ニ立二同鶴一、件鶴口ニ手本一巻ヲ令レ咋、件手本、裹二薄様一也

（同文治三年正月十七日／③・三一九頁上）

V―B【書物を「裹」んだ例】

①夘時參院、同時自レ院中将書始料文机持來、（中略）中将着座、〔文机上敷二廣紙二枚一、左右端付レ机、其上以二檀帋二枚一裹二五帝本紀一置レ之〕

（『殿暦』天仁二年十二月二十一日／③・六四頁～六五頁）

②御書始、侍讀文章博士在良、（中略）其左置二御注孝經一、〔（中略）以二檀紙二枚一裹二其紛一也、上横裹也〕

（『長秋記』天永二年十二月十四日／①・六五頁下～六六頁上）

③今日申刻、大将密々有二書始事一、（中略）件疊前立二黒漆文机一脚一、〔在二金物一、但無二脛巾一、〕其上敷二例紙二枚一、〔其左右押二付机一、〕其上置二五帝本紀一巻一、〔香表黒漆軸裹二檀紙二枚一、非レ如二立文一〕

（『玉葉』治承三年十二月二十八日／②・三三一頁下～三三二頁上）

④此日、高倉院第二親王御書始也、（中略）相待之處、少時棟範持二來仰書一、〔相二具本并泥坏筆等一、件御書裹二檀紙一、唯表紙白色紙、伊經朝臣書レ之、〕予書二外題一、□〔御註孝經四字也〕

（同建久元年十二月二十六日／③・六四二頁下～六四三頁上）

⑤天晴、今日密重書二第二巻一、以二檀紙二枚一裹レ之、〔如二立文一、〕上下押返テ以二紙捻一結二上下押返所ヲ一、件結目上并二文巻返目ニ一、上下書二作名一著也、入二文筥一付二大納言一進レ院了、又殊御秘藏由有レ仰、（中略）第一巻六日令レ進了

（『玉蘂』承元四年正月八日／三七頁上）

四

カリニ「裏ノ中ニ納ム（＝納ル）」ト読メタトシテ、サテ、残ッタ「言」ノ説明ハイッタイドウナル。——もちろん、まともに対処したのでは埒が明くはずもない。しかし、そこはもとより〝ことば遊び〟である。あまりしかつめらしく考える必要もなかろう。と心得て、つづく「言」の字の処理については、ひとまず次の二とおりのアイデアを提示しておきたいと思う。

第一の案は、「言」をそのまま「イフ」と訓読する考え方。この短篇物語集の原題が『堤中納言』であったとすれば（おそらくそうであったと思うが）、その心は『裏ノ中ニ納メタリト言フ○○』ないし『裏ノ中ニ納リタリト言フ○○』で、○○の部分には各篇の具体的な篇名が入ることになり（これは十冊本原形説に合致する）、また、もしも『堤中納言物語』の方が元のタイトルであったとすれば、『裏ノ中ニ納メタリト言フ物語』あるいは『裏ノ中ニ納リタリト言フ物語』というふうに解くことになる。

ところで、このように考える場合、いちおう言及しておかなければならない問題がある。それはすなわち、本論がとりあえずの拠り所とした古記録類においては、「「言」字は、〝言意〟の具體的行爲を述べる場合の用字のようであ」り、「他人の言もしくは他の文書の語句の引用」

や「人・事物の〝稱名〟に際して」は「云」字が用いられるという点だ。(注2)そして、この区別の原則は、古記録に限らず変体漢文で書かれた同時代の文章や作品一般に広く認められるように思われる。ちなみに今、『中右記』の中から「人・事物の〝稱名〟に際して使用され」た例を任意に拾ってみるならば、

・早旦參院、以二顯輔朝臣一被レ仰云、從二因幡國一伏苓と云藥出來之由所二聞食一也
(天永三年七月四日／④・一七三頁上)

・從者去七日被二殺害一了、是漏刻博士子と云者所爲云々
(永久二年三月十日／④・二七六頁下)

・夜半夢見事、藤氏氏文四五巻、此參河と二云僧之許ニ有けり
(保延三年四月七日／⑦・二〇〇頁上)

などがこれに該当するわけである。

しかしながら、その一方で例外もないわけではなさそうなのだ。たとえば、

・而有二事疑一之由、經季談言、北方云々
(『春記』長暦三年十月十五日／三七頁下)

の傍線部などは、普通ならば「談云」と記されてしかるべき箇所であろうし、またたとえば、

・兼政〔神祇大夫祐也、〕來談言、夜前有二軒廊御卜一、上卿左兵衛督也

（『中右記』康和五年十月十七日／②・二八八頁下）

の傍線部なども、

・兼政來談云、昨日大嘗會檢校被レ定了

（同天仁元年八月四日／③・三七五頁下）

のごとく、通常はまず「來談云」と表記されるところなのである。してみれば、古記録類においてさえ、「言」と「云」とがたまに混用されていた実態を認めてよいことになりはしまいか。

さらに、思いつくままに視野を『万葉集』の用字法にまで拡大してみると、

・今は吾は死なむよわが背生けりともわれに寄るべしと言ふと云莫苦荷

（巻第四・六八四）

・大崎の神の小浜は狭けども百船人も過ぐと云莫國

（巻第六・一〇二三）

などに対して、

・み薦刈る信濃の真弓引かずして強ひざるわざを知ると言莫君二　（巻第二・九七）

・磯の上に生ふる馬酔木を手折らめど見すべき君がありと不言尓　（同・一六六）

など。また、

・（上略）山城の　相楽山の　山の際に　往き過ぎぬれば　将云為便　せむすべ知らに　吾妹子と（下略）　（巻第三・四八一）

に対して、

・（上略）沖つ藻の　靡きし妹は　黄葉の　過ぎて去にきと　玉梓の　使の言へば　梓弓　声に聞きて　将言為便　せむすべ知らに　声のみを（下略）　（巻第二・二〇七）

・（上略）あしひきの　山辺を指して　くれくれと　隠りましぬれ　将言為便　せむすべ知らに　たもとほり（下略）　（巻第三・四六〇）

など。あるいはまた、

・はたこらが夜晝登不云行く路をわれはさながら宮道にぞする　（巻第二・一九三）

・健男の現し心もわれはなし夜晝不云恋しわたれば　（巻第十一・二三七六）

などに対して、

・（上略）わが児の刀自を　ぬばたまの　夜晝跡不言　思ふにし　わが身は痩せぬ（下略）　（巻第四・七二三）

そしてまた、

・大伴のみつとは不云あかねさし照れる月夜に直に逢へりとも　（巻第四・五六五）

に対して、

・（上略）俣海松の　また行きかへり　妻と不言とか　思ほせる君（下略）

（巻第十三・三三〇一）

さらにはまた、

・かにかくに人は雖云若狭道の後瀬の山の後も逢はむ君

（巻第四・七三七）

に対して、

・百に千に人は雖言月草のうつろふ情わがもためやも

（巻第十二・三〇五九）

というように、『万葉集』においては「言」と「云」とが意味上ほとんど区別なく使われていることが知られるのである。

もっとも、それが明らかに〝ことば遊び〟の次元に属する事柄であってみれば、「言」か「云」かという厳密な用字の問題は、はじめからさほど気にかける必要がなかったといえるかもしれない。つまり、この際は「言」を「イフ」と読めるだけで十分といえば十分なのである（ちなみに、三巻本『色葉字類抄』(注3)では、「謂」字に「イハク／又イフ」の和訓が付されたあと、順に「言」「曰」「猶」「稱」「云」「噵」の六字を挙げて「已上同／イフ」としている）。「いちおう」とわざわざ前置きしたのは、実はそのような意味合いからであった。

さて、対する第二の案はというと、「言」の字を少々強引に「モノガタリ」と読んでしまおうというもの。この考え方に従えば、集の原題は『堤中納言』で、その心は「裏ノ中ニ納メタリケル言（＝モノガタリ）」もしくは「裏ノ中ニ納リタリケル言（＝モノガタリ）」となる。

こちらの案を採ろうとする場合に当然のことながら問題となるのは、「言」を「モノガタリ」の意に解することがほんとうに可能かどうか、ということだろう。いくら〝ことば遊び〟とはいっても、である。が、そのレヴェルであればこそ、おそらく答えはイエスだったのではないかと思う。

三巻本『色葉字類抄』に拠れば、当時「モノガタリ」と訓じられていた漢字は「語」以下「話」「談」の計三種のみであって、もとより「言」は含まれていない。けれども、その一方、「カタル」の項では「語」について「談」「話」等十五字を列挙する中に、「言」の字も「已上同」として入れられているし、さらに、二巻本(注4)に拠れば、「モノイフ」の項で「言」のあとに「語」「談」の二字が「已上同」として載せられているのである。また、観智院本『類聚名義抄』(注5)を見ても、「語」と「談」とは「カタル・モノガタリ」の訓を、「言」と「語」とは「イフ・コト・コトバ・モノイフ・トフ」の訓をそれぞれ共有していることがわかる。すなわち、「言」「語」「談」の三字は相互にたいへん近接した関係にあったといえるわけで、そうだとするなら、「言」の字に正式にはありえない「モノガタリ」の意が掛けられていたと想定することも、まったく不可能な話ではないはずだ。

はたしてその傍証たりうるかどうか、たとえば、

・相次兼光來、語二御悩子細一、不レ異二邦綱卿之所一レ言

(『玉葉』治承五年正月十三日／②・四六四頁下)

における「言」の字は、上の「語」の字と事実上同じ意味に用いられているとみてさしつかえなかろうし、

・入レ夜宰相來、〔自二吉田一歸、〕傳二相門一具言

(『明月記』寛喜二年六月二十八日／③・二二二頁下)

の「言」なども、ほとんど「語」と交替可能な例だといえるのではなかろうか。また、たとえば、

・飲食言笑如二平常一 （『台記』久安四年十一月十七日／①・二七一頁上）

の「言笑」は、「談笑」とたいした差異のない熟語だと考えることが許されよう。

結局のところ、残された「言」の処理については、以上の二案をしばらく並記したままにしておきたい。特に第二案に従った場合、正統な国語学的見地からすれば相当無理を犯す結果となるのは否めないが、再三述べてきたように、そこはあくまでも〝ことば遊び〟、要するに洒落である。あまり杓子定規に考えるべきではあるまい。今日でもそうであるように、シャレに多少のムリはつきものなのだから。

五

今ハ昔、アル所ニ――つまりそれは、こういうことである――、十の短篇物語（と一つの断章）を納めた一個の裏がひっそりと眠っていた。その「裏」が紙製であったものか、布製であったものか、さらには絹製であったものか、また、形状が風呂敷様のものであったのか、それとも

嚢様のもの（注6）であったのか、そこのところはよくわからない。が、ともかくも十の短篇物語（と一つの断章）が、おそらくは十冊の冊子本の形態で納められた、一個の裏がひっそりと眠っていたのだ。

そして、それを、ある時ある人物が発見した。埋もれていた「裏」は、こうして眠りから覚めたのである。それは、あるいは〝家の本〟であったのかもしれぬ。しかし、件の「裏」には、短篇物語集としてのタイトルらしきものがどこにも見あたらなかった。各篇の篇名は十冊ことごとくに明記されていても、である。

そこで、その人物は考えた。――これらの物語は、誰のしわざなのか知らないが、事実こうして一つ裏の中に納められていた。それを順に漢字だけで表記してみれば「裏中納」となる。――と、閃いたのはその時だった。――「中納」と来れば次に「言」とつづけたくなるのが人間の心理。加えて、「裏」を「堤」に替えたならばどうだろう。うまいぐあいに、まことにうまいぐあいに「堤中納言」となり、何とあの藤原兼輔の通称にヒッカケることができるではないか。これは名案だ。〝ことば遊び〟として愉快であるばかりか、これならばいかにももっともらしい書名に響く。「言」は捨て字として顧みなくともよいようなものだが、所伝を表すべく「イフ」と読ませてもよいし、多少苦しいけれど「モノガタリ」の意に解いてもらってもよい――というふうに。

このような経緯で『堤中納言（物語）』なる書名が誕生し、今日に伝えられた、というオハナシ。なお、断るまでもないことだが、この御仁はあくまで〝命名者〟であって〝編者〟ではない。否、そもそもこの短篇物語集には、ひとり〝蒐集者〟ありきであって、いわゆる〝編者〟などはじめから存在してはいなかったのである。

ところで、武田祐吉「つゝみの物語」[注7]は、『堤中納言物語』の題号の由来について、はやく次のような見解を披瀝していた。いささか長くなるが、その必要箇所をここに抜粋しておきたい。

単にこの物語の如く、短篇にして散り易いもの、場合は勿論、一般に物語、草子類の保存に於いては、箱、袋、包み紙などが用ゐられた。

更級日記に、

源氏の五十余巻、櫃に入りながら、在中将、とほぎみ、せり川、しらゝ、あさうづなどいふ物語ども、一袋とり入れて得て帰る心地の嬉しさぞいみじきや。

とあるは、掌篇の保存に通常用ゐられた方法であつた。袋を用ゐて反故を保存することは、源氏物語橋姫の巻にも見えるが、更に、袋を用ゐる方法の他に、大形の紙に書物を包むことも行はれた。赤染衛門集に、

殿に「はなさくら」といふ物語を、人のまゐらせたる包み紙に書いたる

かきつむる心もあるを花さくらあだなる風に散らさずもがな

返しせよと仰せられしかば

見るほどはあだにだにせず花さくら世に散らむだに惜しとこそ思へ

とある。この「はなさくら」は、現在の堤中納言物語中の一篇「花桜折る少将」に該当するものと考へられてゐる。

右の場合は、書物を貴人に差上げるのであるから、包み紙に包み、或は箱に納めて奉るのが、当然の礼であらうが、片々たる書物を幾冊か、まとめて保存する場合に当つて、これを紙に包んで置くことは、決して特別な場合ではない。堤中納言物語の各篇も、時あつて一括せられ、包み紙に納められたものと考へることは毫も不自然でない。

すなはち、この物語の題号は、包みの物語、堤の物語、堤中納言物語と言ふ類推の過程を利用した、一の洒落であつた。これは勿論、高名なる歌人堤中納言兼輔への連想を条件とするもので、これによつて洒落としての手口を精巧にしてゐるのである（中略）。

しかして、この物語に於いては、その命名が稍々飛躍にすぎ、その洒落のをかしみも、永く適切に鑑賞せられなかつたのである（中略）。

堤中納言物語は、その内容についても、題号の洒落にふさはしい好笑の文学であつて、題号の問題も亦微笑を以て解くべきであつたのである。

本論の提起した仮説は、結果的に、

①「堤」の由来を書物の「裹（包）」に求めた点。（注8）

②その命名を「堤中納言兼輔への連想を条件とする」巧妙な洒落であると考えた点。

の二点において、ひとまずこの武田論文の延長線上に位置づけられるものと見なされてよいが、同論の最大の弱点は、私に傍線を付した箇所「包みの物語、堤の物語、堤中納言物語と言ふ類推の過程」に関わる説得力の欠如にあった。要するに、「堤の物語」から「堤中納言物語」へという類推過程の想定に致命的な飛躍が認められるわけだ。そこで、どうして「中納言」でなければならなかったのか、という本論冒頭の疑問が否応なく生じてくることになるのであって、いわばその必然性を追求した解答案をここまで長々とお示しした、ということになろうか。

六

ショセン、雲ヲツカムヨウナハナシ。マタ一ツ臆説ガ加ワッタニ過ギヌ。——といわれれば、まったくもってそのとおりである。『堤中納言（物語）』という書名の意味だなんて、どこからか奇跡的に由緒正しい由来書きでも発見されないかぎり確定できるはずもなく、その可能性はもとより皆無だといってよいのだから。それが、そもそもれっきとした篇名を個別に有する短篇物語の偶発的な集合体であってみれば、「集」としての書名の性質あるいは命名の事情が、他の中・長篇物語の場合、平安後・末期の現存作品でいうならば、『狭衣』とも『寝覚』とも『浜松』とも、そして『とりかへばや』の場合ともおのずから次元を異にするのは、むしろ当然のことといえたわけだ。したがって、この件については「不明」だとか「不詳」だとか「未詳」だとか、とにかく「ワカリマセンナ」と答えてそっとしておくのが、未来永劫もっとも慎重かつ厳粛な学問的態度であるには違いない。

　だがしかし、それではあまりにも味気ない。逆に、わからないからこそ、というところもある。今は「不明」となった書名の「由来」は、そのかみ確かにあったのだ。とするならば、ひとつその〝謎解き〟に挑んでみるのも悪くはあるまい。本論の提案がどの程度もっともらしいかは、もちろん諸賢の審判に委ねるよりほかないのだが、枯木ならぬ仮説も山のにぎわい、かつてそうであったように[注9]これからも、この問題をめぐるさまざまなアイデアが、よりいっそう多角的な見地から提出されてよいのではなかろうか。

注

（1）以下において引用する古記録類の本文は、『御堂関白記』『小右記』『殿暦』を『大日本古記録』所収本に、『玉葉』『明月記』を国書刊行会本に、『玉蘂』を今川文雄校訂『玉蘂』（思文閣出版、昭五九）にそれぞれ拠った以外は、すべて『増補史料大成』所収本に依拠している。なお、引用に際しては私に返り点を施したほか、割注部分には〔 〕を付して本文との区別を明らかにした。また、各史料間に認められる字体等表記の揺れについても、たとえば、「ツツミ・ツツム」の意を表す漢字「裹」「包」を「裹」に統一するなど適宜調整を図った。

（2）峰岸明『平安時代古記録の国語学的研究』（東京大学出版会、昭六一）三八四頁。

（3）中田祝夫・峰岸明『色葉字類抄研究並びに索引〔本文・索引編〕』（風間書房、昭三九）の写真版に拠る。

（4）古辞書叢刊所収尊経閣文庫永禄八年写『色葉字類抄』（雄松堂書店、昭五〇）の複製に拠る。

（5）正宗敦夫校訂・中田祝夫解説『類聚名義抄』第一巻（風間書房、昭二九初版／昭六一再版）の影印に拠る。

（6）物語を「裹」ならぬ「袋」に入れる、といえば、あとで再掲することになる『更級日記』の有名な一節「源氏の五十余巻、櫃に入りながら、ざい中将、とをぎみ、せり河、しらら、あさうづなどいふ物語ども、一袋取り入れて、得て帰る心地のうれしさぞいみじきや」（日本古典文学全集・三〇二頁）が容易に思い起こされるところだが、本論第三節のV—Aの項目で見た手本の類についても、たとえば「入道殿自二南京一還御、房主被レ献二御贈物一、大師御筆經入二錦袋一云々」（『兵範記』仁平二年十二月二十九日／①・二二〇頁下）、「次別当卿經二南簀子一向二西方一、取二予贈物一、（手本、大師御筆、入二錦袋一、以レ上結二上下一納二沈筥一）」（『玉蘂』嘉禎四年四月十日／五〇四頁上）のごとく、「袋」に入れる場合もめずらしくなかった、また、「次御送物、摺本注文選、同文集、入二蒔繪筥一雙一、袋象眼裏、五葉枝」（『御堂関白記』寛弘七年十一月二十八日／中・八二頁）といった記事からすれば、形状において「袋」に等しい「裏」も存在したことがうかがえる。

（7）「装填」第三十九号、昭九・三。のちに、『日本文学研究資料叢書　平安朝物語Ⅲ』（有精堂出版、昭五四）に採録。以下におけるこの論文の引用は後者に拠る。

（8）「堤」を「裹（包）」の意と解く立場には、その後、星野喬「堤中納言物語に就いて」（『国文学論究』第四冊、昭一二・二）や、『全註解』などがあったが、近年の論文としては、阿部好臣「短編物語の方法」（『時代別日本文学史事典　中古編』有精堂出版、平七）が、「この作品の題号の由来についてては、様々な推論がある。その中でも特異ながら最も説得力を持つのは、「包み」の物語という見解ではなかろうか」と述べて、この考え方を積極的に支持している。

（9）この作品の書名をめぐる従来の諸説に関しては、鈴木一雄『堤中納言物語序説』（桜楓社、昭五五）Ⅲ「『堤中納言物語』覚書」二「『堤中納言物語』の成立をめぐって」に行き届いた整理がある。

初出一覧

1 原題のまま　東京大学国語国文学会編「国語と国文学」第六十九巻第八号、平四・八

2 原題のまま　平安文学論究会編『講座平安文学論究』第十六輯、風間書房、平一四・五

3 原題のまま　説話と説話文学の会編『説話論集』第九集、清文堂出版、平一一・八

4 原題のまま　京都大学文学部国語学国文学研究室編「国語国文」第六十二巻第七号、平五・七

5 未発表

6 原題のまま　九州大学国語国文学会編「語文研究」第七十五号、平五・六

7 原題のまま　久下裕利編『考えるシリーズ4　源氏以後の物語を考える――継承の構図』武蔵野書院、平二四・五

8 原題のまま　王朝物語研究会編『研究講座　堤中納言物語の視界』新典社、平一〇・五

関連論文一覧

1　「虫めづる姫君」復元　「宮崎大学教育学部紀要 人文科学」第七十一号、平四・三

2　『貝あはせ』本文整定試案　王朝物語研究会編『論集 源氏物語とその前後5』新典社、平六・五

3　『花桜折る中将』本文整定試案　中古文学会編「中古文学」第五十五号、平七・五

4　『逢坂越えぬ権中納言』覚書　「北海道大学文学部紀要」第四十五巻第二号、平九・一

5　『ほどほどの懸想』覚書　「北海道大学文学部紀要」第四十六巻第二号、平一〇・一

6　『はいずみ』覚書　「北海道大学文学部紀要」第四十六巻第三号、平一〇・三

7　『貝あはせ』覚書　「北海道大学文学部紀要」第四十七巻第一号、平一〇・一〇

8　「頭中将の御小舎人童」考その他――『堤中納言物語』の本文批判――　九州大学国語国文学会編「語文研究」第百号、平一八・六

9　『はなだの女御』覚書――『堤中納言物語』の本文批判――　「北海道大学文学研究科紀要」第百四十七号、平二七・一二

10　『貝合』を読む――正しい読解のための六つの問題点――　横溝博・久下裕利編『知の遺産シリーズ4 堤中納言物語の新世界』武蔵野書院、平二九・三

あとがき

昨年十月一日から本年三月三十一日まで、人生最初で最後のサバティカル（研修休暇）期間を過ごすこととなった。授業、会議、その他諸々の業務から一切解放された〝擬似隠居生活〟。はじめのうちは何となく奇妙な気分だったが、しばらくするとこれぞ極楽。好きなだけ好きな音楽を聴き、眠くなれば何時であろうが構わず寝る。わずか半年間とはいえ、職歴二十八年目にしてこれほど気楽な〝安息〟の日々を送れるとは思ってもいないことだった。

しかし、そうした毎日を過ごしつつも、常に心の片隅にあったのは、大学や部局の役職に就いたばかりにサバティカル取得の資格がいつの間にか失効し、一度も〝安息〟を味わわないまま退職を迎える同年代の同僚たちのことだった。彼らが研究に費やす時間を犠牲にして無味乾燥な〝戦闘〟の最前線で休む間もなく戦っていた、あるいは、現に戦っているのに、たとえ二等兵の分際といえども、自分だけ後方に退いてのんびりと骨休めをしていられようか。

そこで、サバティカル申請書に記した申請理由「『堤中納言物語』論考（仮題）の出版準備」を履行すべく、一念発起して原稿の整理に取りかかった。実をいうと、ここ五年余り私的事情により研究どころではない生活がつづいていたので、久々に、そして徐々に、自分は学者の端くれなのだという感覚が蘇って来て、それを噛みしめながら少しずつ作業を進めていった。その結果が本書である。申請書に謳った壮大な著書にはほど遠い小さな本となったが、まずはよしとしなければなるまい。

＊

同じ部局で日々研究に邁進している同僚たち、同じ分野の第一線で活躍する畏友たち、さらに、竹のように成長していくかつての学生たちからは、常時刺激を受けている。私も「小さなことだけぼちぼちと」を旗印に、せめて在職中だけでも自分なりの研究をつづけてみたいと思っている。

＊

所収論文八編のうち五編の礎稿入力には岡田貴憲氏の、校正時には畠山瑞樹さんの助力を得た。また、私の体形に似たかくもスリムな本の出版をお引き受けいただいた、武蔵野書院の前田智彦院主、編集を担当してくださった梶原幸恵氏には感謝のことばもない。この場を借りて各位に衷心より御礼申し上げるしだいである。

平成二十九年三月

後藤康文

著者紹介

後藤康文（ごとう・やすふみ）

1958 年、山口県下関市生まれ。九州大学文学部卒業、同大学院博士課程単位取得退学。博士（文学）。九州大学文学部助手、宮崎大学教育学部助教授を経て、現在、北海道大学大学院文学研究科教授。
著書に、『伊勢物語誤写誤読考』（笠間書院、2000 年）、『狭衣物語論考 本文・和歌・物語史』（笠間書院、2011 年）、『日本古典文学読解考 『万葉』から『しのびね』まで』（新典社、2012 年）等がある。

堤中納言物語の真相

2017 年 4 月 30 日 初版第 1 刷発行

著　者：後藤康文

発行者：前田智彦

発行所：武蔵野書院
〒101-0054
東京都千代田区神田錦町 3-11 電話 03-3291-4859　FAX 03-3291-4839

装　幀：武蔵野書院装幀室

印　刷：三美印刷㈱

製　本：㈲佐久間紙工製本所

ISBN 978-4-8386-0471-5　Printed in Japan